L'abito da sposa

Elisabetta Randazzo

L'abito da sposa
Elisabetta Randazzo

Seconda edizione Aprile 2011

ISBN 978-1-4476-4480-4

Nel capannone

Don Peppino era indignato nell'osservare le donne trattate come bestie. Senza rendersene conto, scosse la testa, con il viso contratto dalla rabbia. Rosario gli diede un colpetto sulla spalla, per richiamare la sua attenzione.

"Se entro stasera non trovi la ragazza, ce ne andiamo. Domani nel tardo pomeriggio devo essere a Palermo", annunciò.

Gli occhi di don Peppino si rabbuiarono.

"D'accordo. Ma ho visto solo poche ragazze. Cercherò di guardare attentamente".

D'un tratto rivide quella donna. Si fermò di colpo e la studiò in ogni particolare. Aveva gli occhi grandi e neri, che spiccavano in un viso pallidissimo. Si muoveva lentamente, sembrava molto spaventata.

"Potrebbe essere lei, anche se nel quadro sembrava diversa. Ho poco tempo a disposizione devo cercare di parlarle."

Vide che Abel era concentrato a controllare la macchina, si fece coraggio e le si avvicinò.

"Come ti chiami?", domandò con dolcezza.

Lei lo fissò impaurita, ma scrutandolo attentamente. Poi, con voce soffocata mormorò: "La prego non mi faccia del male..."

In quell'istante sentì la voce di Rosario.

"Peppino, non ci sai proprio stare senza donne, eh? Ti sei messo già all'attacco! Sei veramente un fetente" e rise in modo volgare.

"Mi sembra lei, quella cerco..."

"Come, 'ti sembra'? Non la conoscevi?"

"Certo che la conoscevo, ma qui sono vestite tutte uguali, magre...
E poi, sai benissimo che quando si presentano nude non guardi mica il
viso, si guarda altro, non credi?" e ammiccò, dandogli spago.

"Vecchio porco, hai ragione! Bene, andiamo subito al dunque."

Don Peppino sorrise soddisfatto. Era stato convincente, si compiac-
que tra sé.

Rosario si avvicinò alla donna, controllando la serie dei numeri che
aveva tatuati sul polso. Poi andò a verificare il fascicolo.

"Peppino, ci siamo! Credo sia lei la donna che cerchi!" annunciò,
con espressione trionfante.

Don Peppino fu assalito dal panico.

"Adesso, come mi devo comportare?", pensò ad alta voce.

"Dobbiamo organizzarci per farla uscire dal campo, hai portato dei
soldi?"

"Certo! E anche due bottiglie di whisky."

"Bene, bene! Aspettami qui, torno subito."

"Speriamo che Carmelo e Giacomo siano puntuali all'appuntamento
e che tutto vada bene!"

Don Peppino era angosciato, ma nello stesso tempo contento di
averla trovata. Per lui era una sensazione strana: si sentiva addolorato e
impotente. Si riscosse, vedendo arrivare Rosario con passo frettoloso.

"Ho parlato con le guardie del campo. Ci aiuteranno a far uscire
l'ebrea, ma vogliono un assaggino, perché gli ho detto che è una gran
porca a letto", sogghignò, strizzandogli l'occhio.

Gli si congelò il cuore. Non poteva permettere una cosa del genere,
cercò di trovare una via d'uscita che non mettesse a rischio il suo piano.

"Ma scusa, non li vogliono i soldi?", azzardò.

"Si, certo ma vogliono anche sbattersi l'ebrea... Perché, hai qualcosa
in contrario?"

"No, no... Chiedevo solamente", rispose.

"Sbrighiamoci! Vieni con me, ci aspettano le guardie". Poi aggiunse: "Ormai gli abbiamo dato l'idea e se la farebbero lo stesso anche senza di noi."

Entrarono in uno squallido capannone, dove aleggiava tanfo di morte. Li attendevano due uomini, dai volti aspri contratti in un ghigno animalesco.

Rosario, con un sorriso malizioso ordinò: "Siamo d'accordo, andate a prendere la donna!" poi, guardando l'amico, aggiunse: "Ora ci divertiamo, Peppino."

L'incontro

Era un tranquillo martedì mattina, a Palermo, nella tiepida primavera del 1938.

Nella stanza semplice, resa particolare dalle tele e dai colori che ne invadevano ogni angolo, affacciata sulle stradine di un quartiere povero ma dignitoso della città, il sole entrava dalle fessure di una serranda, accarezzando il risveglio di Glitter. Il giovane si stiracchiò pigramente poi, a malincuore, si alzò.

Con quella poca acqua rimasta nel catino si sciacquò il viso e le mani ancora macchiate di colore dalla notte prima, in cui aveva finito un quadro, e si avviò verso l'armadio, rammaricato di dover indossare il solito vestito. Ebbe un improvviso desiderio che lo fece sorridere: pensò di acquistare della stoffa e farsi fare un vestito nuovo.

Avrebbe speso il compenso per il quadro prima ancora di riscuoterli, ma dopo tutto era una buona idea. Deciso a mettere subito in pratica quel proposito, lucidò le scarpe con cura e scese in strada.

All'angolo vide un cocchiere con una carrozza scoperta, ben curata e di legno massiccio. Non sapendo dove andare, gli si avvicinò e gli chiese se conoscesse un negozio di tessuti.

L'uomo sulla carrozza gli rispose "vinissi cu mìa" e lo accompagnò nel centro storico. Glitter, estasiato, si guardava attorno durante il tragitto, incuriosito e ammirato da tanta bellezza e dai colori che risaltavano sotto la forte luce del sole.

Si fermarono in una via poca conosciuta, dove la grigia povertà si rifletteva sui visi dei passanti e negli occhi dei bambini senza scarpe, che rosicavano pane duro.

L'uomo gli indicò dove andare per acquistare la stoffa e lui s'incamminò nell'ombra di quella stretta viuzza.

Da lontano giungevano canti di donne, forse impegnate a strusciare lenzuola nei lavatoi. Glitter ascoltava incantato le loro voci melodiose e allegre, malgrado il lavoro pesante.

La vetrina del negozio che stava cercando era piccola e buia. Vi entrò, e non appena dentro vide la figura di una giovane donna di profilo, lunghi capelli nero corvino, seduta ad un tavolo al centro del negozio. Già da questa distanza emanava un profumo dolce e il suo corpo, anche nascosto da un vestito scuro ed una larga gonna, anche se fermo su quella sedia, aveva una grazia sinuosa.

La ragazza non si era accorta di lui. Glitter si sentì arrossire dal turbamento nel rubare quell'immagine, e quasi sussurrando chiese: "Mi scusi, a chi mi devo rivolgere per acquistare un po' di stoffa?"

Lei si girò con il sorriso sulle labbra e rispose: "Dica pure a me."

Nel vedere in viso quella donna, il giovane sentì il cuore battere così forte che sembrava volergli uscire dal petto.

Le spiegò quello che era venuto a cercare e la giovane gli fece vedere pezze di tessuto di ogni trama e colore, consistenza e spessore. Per il vestito gli consigliò un tessuto principe di galles, ma lui non vedeva né colori né trame: continuava a vedere solo il suo profilo, l'immagine che aveva colto entrando nel negozio.

Continuava a guardare solo i suoi occhi, quello sguardo, cercando di rapire l'immagine di quel baratro azzurro in cui era caduto.

Non acquistò nulla, quel giorno, perché voleva una scusa per tornare di nuovo e di nuovo rivederla. Solo quando arrivò a casa si rese conto che non le aveva neppure chiesto come si chiamasse.

Elisheva aveva 24 anni, era una ragazza semplice, nata in una numeroso famiglia ebraica.

Aveva un carattere dolce e sensibile, amava molto la natura, tanto che nel poco tempo libero passeggiava in un piccolo giardino poco distante dal negozio e si sedeva sotto a una quercia, per assaporare serena gli odori sospinti da un alito di vento.

Quel pomeriggio, gustando un'arancia nel suo tranquillo rifugio, pensò all'affascinate sconosciuto e al suo strano sguardo.

Il mattino seguente, al risveglio, dopo aver passato una notte agitata, piena delle immagini di quella donna così bella, Glitter prese una tela e in pochi gesti precisi ne abbozzò un dipinto, disegnando tutto ciò che ricordava. Dipinse le sue labbra come se fossero vere, le sue mani affusolate adagiate sui fianchi, il seno prosperoso sollevato da una guepiére. Doveva assolutamente rivederla. Si vestì di corsa, curando meglio l'aspetto, e s'incamminò.

Questa volta non prese la carrozza, preferì ascoltare i suoi passi mentre la mente era altrove.

Senza accorgersene arrivò davanti al negozio di stoffa, respirò profondamente ed entrò.

Elisheva, con un sorriso, gli domandò se avesse deciso di acquistare la stoffa e lui annuì timidamente. Poi, facendosi coraggio, le chiese se conoscesse un sarto.

Lei con uno sguardo brillante rispose: "Certo! Mio padre è sarto!"

Glitter accolse con grande sollievo quelle parole. La risposta rallegrava la sua anima perché avrebbe avuto un buon motivo per rivederla.

I loro sguardi s'incrociarono, c'era magia fra loro, desiderio di sfiorarsi, ma una voce da lontano fece svanire l'incanto del momento. Era il padre di Elisheva che la chiamava, affacciato a un balcone ornato di gelsomino.

Lei, imbarazzata, con voce tremante lo congedò: "Devo chiudere, mia madre ha bisogno di me..."

Lui abbassando il capo uscì, salutandola e raccomandandole di riferire a suo padre se poteva cucirgli il vestito.

E così, infatti fu.

La madre di Elisheva era molto ammalata. Aveva la polmonite e lei era costretta ad accudire sia il padre che i fratellini.

Non era una vita facile per la sua famiglia: gli ebrei non erano visti di buon occhio, negli ultimi tempi, a causa di una sorta di razzismo che ogni giorno cresceva in modo palpabile. Stavano iniziando a vivere nella paura, ma ad Elisheva il sorriso non mancava mai. Soprattutto quel giorno si sentiva viva, pensando agli sguardi intensi dello sconosciuto che, a poco a poco, era entrato nel suo cuore.

Presto, nacque un sentimento fra loro.

Si scambiavano bigliettini amorosi. Glitter le scriveva: "I tuoi occhi sono perle preziose in cui mi perdo..."

Lei li leggeva, arrossiva e sentiva uno strano turbamento dentro.

Anche se non c'era trasparenza nelle sue camicette, ogni volta che lo vedeva oppure leggeva semplicemente i messaggi d'amore, i suoi seni ne risentivano e i capezzoli diventavano turgidi.

"Quest'uomo mi sconvolge l'anima" si ripeteva. Era come se penetrasse la sua pelle. Era il sogno proibito della notte. Immaginava di far l'amore con lui, e quei sogni turbavano il suo corpo con sensazioni mai provate... Lo desiderava alla follia.

La passione

Un giorno di primavera, in cui i profumi erano più intensi e i colori più vivi, si diedero appuntamento al Palazzo Cutò, un giardino alberato di agrumi e fiori rampicanti, che ornavano un immensa fontana.

Glitter da lontano la vide spuntare, emozionato dai suoi capelli raccolti in un nastro di raso rosso. Era bellissima, con una camicia bianca abbinata ad una gonna plissettata un po' ampia che, nella lieve brezza, si apriva come un ventaglio. Le segnava le cosce in un gioco di movimento che la rendeva molto sensuale.

Il desiderio di sfiorarsi era forte.

Mentre passeggiavano vicini, lei gli sussurrò: "Parlami un po' di te..."

"Sono polacco e sono a Palermo ormai da 3 anni. Sono un pittore venuto da lontano, per scoprire sempre cose nuove che ispirino i miei quadri."

Lei sorrise e lui continuò: "Ma da quando ho conosciuto te, non c'è nulla che possa superare tale bellezza."

Le si avvicinò e le loro labbra si accarezzarono. La mano di Glitter, leggera come una piuma sfiorava il profilo del suo corpo.

Elisheva si sentiva confusa dal quel contatto, non aveva mai conosciuto sensazioni così forti, provava un desiderio immenso nei confronti di Glitter, ad ogni sua carezza oscillava. La lingua di lui s'impadronì della sulla bocca, poi la prese per mano, conducendola in un fienile dietro al Palazzo Cutò: l'adagiò dolcemente sulla paglia e continuò a baciarla.

Si desideravano.

Lui mormorò: "Voglio far l'amore con te, Elisheva."

Lei rispose con un filo di voce: "Anch'io, ma ho paura."

Lui la rassicurò: "Traccerò con le dita i contorni del tuo corpo, ti sfiorerò i seni con le labbra, ne farò un disegno nella mente come una tela preziosa..."

Il cuore di lei impazzì quando Glitter con un gioco di labbra sfiorò le sue lunghe cosce. I seni prosperosi si sollevavano dal petto in un respiro affannoso. Quell'uomo aveva risvegliato i suoi sensi assopiti.

Con la mano scese fino alla sua nuca perché voleva continuasse quella dolce tortura, e lui sollevò il capo guardandola. I loro sguardi erano infuocati.

Glitter le si avvicinò con le labbra al collo, e con un voce carezzevole sussurrò: "Voglio amarti fino in fondo, mia dolce donna."

Senza rispondere, Elisheva appoggiò i fianchi su di lui, divaricando le gambe. Erano lenti i movimenti, Glitter non voleva farle male. Dolcemente la penetrava fino a possederla totalmente.

Elisheva stringeva con la mano il fieno, assaporando con gli occhi chiusi il suo primo abbandono d'amore.

Una lacrima le sfiorò le guance, mentre mormorava: "Glitter, adesso cosa ci aspetta?"

Dalle labbra di lui spuntò un sorriso che mise in risalto la bella dentatura. Senza esitare rispose: "Ti sposo."

Rimasero a lungo distesi, guardandosi negli occhi in silenzio.

Prima di alzarsi a malincuore per riaccompagnarla a casa, lui con le dita attorniò le sue labbra sussurrandole: "Mi hai rapito il cuore... hai stregato la mia mente."

Lei sorridendo replicò: "E tu ti sei impadronito della mia anima."

L'estate

Glitter e Elisheva passarono tutta l'estate insieme, guardando bellissimi tramonti, passeggiando sulle lunghe spiagge di Mondello e baciandosi intensamente.

Il loro amore era spensierato e coinvolgente, ma tutti si giravano per non guardarli. La loro passione era mal vista, così come le loro dimostrazioni d'affetto in pubblico.

Uno dei giorni più belli fu quando andarono in spiaggia per nuotare un po', ma soprattutto per avere del tempo da passare soli, senza nessuno che li potesse disturbare, visto che a causa della famiglia di Elisheva, numerosa ed espansiva, c'era sempre qualcuno che stava con loro due.

Il sole lasciava il posto alla luna, mentre, passeggiando sul lungomare, videro un piccolo ristorante molto caratteristico, con le pareti in legno decorate da quadri di pittori emergenti.

Glitter decise di regalare una bella serata a Elisheva. Assaggiarono le delizie della casa, accompagnati dal fruscio del mare che intonava un dolce canto, Alla fine della cena, Glitter pensò che fosse il momento migliore per dichiararsi.

Prese dalla tasca un cofanetto in velluto rosso, che vi giaceva da giorni, in attesa dell'attimo giusto.

"Questo piccolo simbolo serve a dimostrarti quanto sei importante per me", mormorò.

Elisheva, con le mani tremanti dalla gioia aprì il cofanetto e vide un anello semplice, ma estremamente significativo, visto che, come le spiegò, con la voce turbata, lo aveva disegnato lui. Se lo infilò, commossa, e ammirandolo disse: "E' bellissimo..."

"Elisheva, la mia vita è stata piena di errori, causati da scelte poco appropriate fatte impulsivamente, ma stavolta so che non mi sbaglierò perché tengo molto a te, Mi vuoi sposare?", quasi gridò, travolto dall'emozione.

"Si, so che mi puoi rendere felice, da quando sei entrato nella mia vita amo ogni nuovo giorno perché so che tu esisti."

Passeggiarono a lungo, in silenzio. Elisheva si sentiva felice, completa. Avrebbe voluto che quella serata cosi magica non finisse mai.

Progetti

L'autunno era alle porte, e si annunciava con scricchiolii di foglie secche, schiacciate dai carretti.

Elisheva, quel mattino, era radiosa più che mai. Aprì le finestre e si appoggiò al davanzale, con il mento tra le mani, ascoltando un venditore ambulante che cantava, pubblicizzando la sua merce.

"Scinnitì scinntì, accatativi i carrubi, frischi sunnu i limiuna."

Con voce ridente lo salutò. "Sambenerica, don Turiddrù."

Presto si riscosse, guardò il suo anello e rivolse un pensiero dolce all'uomo che amava. Adesso doveva pensare all'abito da sposa. Voleva essere bella per Glitter, quel giorno, così chiese al padre di preparargliene uno unico, fatto apposta per lei. Scese al negozio e scelse un raso bianco, sottile e liscio, adatto ad un abito da sposa leggero e semplice.

Glitter aveva deciso di provare a vendere i suoi quadri, per mettere qualcosa da parte per il matrimonio.

Dove abitava lui non era un quartiere ricco e aristocratico, e le persone spendevano i pochi soldi che giravano nelle tasche per sfamarsi, ma lui non era il tipo da demoralizzarsi, aveva uno spirito tenace e forte.

Un amico gli aveva presentato un critico d'arte, don Peppino, che abitava nel centro di Palermo. Era un uomo possente e barbuto, ben vestito, conosciuto per le sue molte donne e per la vita mondana che conduceva.

Glitter lo aveva invitato a guardare le sue tele e lui, senza fare una piega, disse subito di sì. Il giorno dopo si era presentato alla sua porta.

Studiò i quadri con attenzione, rigirandosi in mano la testa d'aquila che ornava il suo bastone, specialmente quello che era stato dipinto il giorno dell'incontro con Elisheva. Ne osservò ammirato tutte le sfumature, tracciandole con i polpastrelli.

Glitter, nel vedere l'espressione del suo viso, fu assalito da una sorta di gelosia, tanto che, con voce ferma, precisò: "Quel quadro non è in vendita."

Don Peppino batté il bastone sul pavimento e dichiarò: "Mi dica qualunque cifra ed io gliela darò."

Glitter esitò. Quei soldi gli servivano, se voleva realizzare il sogno di sposare Elisheva. Non poteva più aspettare, desiderava ardentemente ritrovarla accanto nei suoi risvegli, avvolgerla fra le braccia, farsi attraversare dalla sua luce fino all' anima.

"Ci penserò", annunciò, congedandolo.

Don Peppino frequentava solo gente di alto livello, specialmente una famiglia benestante, i Moncada, molto nota, in città, che cercava un bravo pittore in grado di fare un ritratto alla figlia.

Gli chiesero se conoscesse qualcuno e a lui venne in mente Glitter: anche se era stato maleducato, aveva visto subito che aveva un grande talento.

Così mandò un cocchiere per prelevarlo e condurlo da lui.

Glitter non capiva quel "rapimento". Rimuginava tra sé, furibondo: "se vuole il quadro di Elisheva se lo sogna! Piuttosto mi faccio ammazzare."

Arrivarono ad un palazzo ed aprì una donna, che lo fece accomodare in un vasto salone con grandi tende e affreschi.

"Ma dove mi trovo?" si chiese.

Da una lunga scalinata in marmo pregiato, vide scendere due donne, eleganti, una giovane ed una anziana.

"Buongiorno, sono Rosa Moncada", la donna gli porse la mano, "le presento mia figlia Teresa."

Con un cenno, lo invitò a sedersi con loro.

"Ci ha parlato di lei don Beppino. Ci ha riferito che sa dipingere, e anche molto bene... ed io ho bisogno che lei faccia un ritratto a me e a mia figlia. La pagheremo profumatamente, ma le richiediamo la massima riservatezza."

Quella proposta era proprio ciò ci dui aveva bisogno. Si misero d'accordo per il prezzo e il giorno in cui si poteva iniziare.

Il ritratto

Uscì contento da quella casa ma pensò subito a Elisheva: con quell'impegno non avrebbe potuto vederla spesso come prima . Guardò l'orologio e corse subito da lei per darle la notizia.

Non la prese molto bene. La prima cosa che gli chiese fu: "Dimmi, è bella?"

"Lo sai che ho occhi solo per te. Mi pagano molto e con questi soli potremo sposarci."

Andarono al cinema all'aperto. Quella sera proiettavano "La figlia del vento" con Henry Fonda. Un film drammatico.

Glitter guardava di sottecchi Elisheva, spiava l'espressione del suo viso... La vide più volte asciugarsi le lacrime con le mani.

"Anche tu mi lascerai per un'altra come ha fatto Henry Fonda!" proruppe a un tratto.

"Smettila di far la bambina, lo sai benissimo che ti amo."

Quando la salutò, dopo averla accompagnata a casa, gli rimase un sapore amaro, in bocca.

L'indomani si svegliò presto, pensando alla gelosia di Elisheva, ma quel lavoro gli serviva. Preparò l'occorrente e si avviò.

Gli aprì Teresa. Era già vestita per farsi il ritratto, con un abito ottocentesco che evidenziava le sue forme e i capelli raccolti da un fermaglio a forma di diadema. Gli spiegò che quel vestito lo avevano indossato le sue antenate e doveva far continuare la tradizione.

Elisheva era molto nervosa nel sapere che Glitter era da quella sconosciuta. Si torturava, pensando: "Dovrà guardarla attentamente per farle il ritratto, studiarla in ogni minimo dettaglio."

Passavano le ore e non si dava pace. "Quando ci andrà la prossima volta, gli chiederò di portare anche me" decise.

"Mi dica, è sposato?" Glitter sollevò lo sguardo dalla tela e rispose: "Sono fidanzato, mi devo sposare al più presto."

"Come si chiama?".

"Elisheva."

"Un nome ebraico" notò Teresa.

Lui non replicò e continuò il lavoro.

"Teresa, cosa ne pensi di Glitter?" le chiese un giorno la madre.

"Perché questa domanda, mamma?".

"Osservavo la tua espressione quando lo guardi e vedo che hai un certo interesse nei suoi confronti, sbaglio?"

"Oh mamma... vedi sempre tutto, tu."

"Elisheva, la tua gelosia è veramente assurda, come posso dimostrarti che non provo nessun interesse per Teresa? Appena finito il quadro, intascherò il mio compenso e non la rivedrò mai più."

"Allora perché ti hanno invitato a cena?"

"Ma hanno invitato anche te, sicuramente ti vorranno conoscere."

Pensando a quell'ultima conversazione con Glitter e sempre più nervosa, Elisheva aprì l'armadio, cercando qualcosa da indossare. Già sapeva cosa mettere, visto che non aveva tanto assortimento di abiti, specialmente di quelli serali ed eleganti ma cercò di essere presentabile.

Il tavolo era apparecchiato con cura: un tovagliato tutto intagliato, calici di cristallo con piatti di porcellana, un cesto di frutta di stagione come centrotavola.

Elisheva si sentiva imbarazzata perché quell'ambiente non era per lei. Osservava, ferita, quella ragazza ricca, la sua eleganza, il suo modo di parlare con Glitter.

"Mi dica, Elisheva, cosa fa nella vita?" s'informò con gentilezza Teresa.

"Ho un piccolo negozio di stoffe."

Glitter, senza esitare, precisò: "Il posto dove mi sono pazzamente innamorato di lei."

Elisheva arrossì per quell'esclamazione. Provò un po' di vergogna, ma nello stesso tempo ne fu felice.

Le cena proseguì per qualche minuto in silenzio. Teresa lo ruppe: "Tu e la tua famiglia non avete paura per ciò che sta succedendo? Cosa pensate di fare se cacciano tutti gli ebrei?"

Elisheva sospirò e rispose: "Siamo nelle mani di Dio...."

C'era una aria fresca, fuori. Ne prese un lungo respiro quando uscì da quella casa.

"Glitter..."

"Dimmi, amore", si tolse la giacca per posarla sulle spalle di lei.

"Sposiamoci subito. Possiamo abitare con i miei genitori finché non avremo una casa tutta nostra."

"No, ti ho promesso un matrimonio e una casa. Così sarà, quando finirò il ritratto, mi pagheranno bene."

Teresa era in camera e nella sua mente risuonavano le parole che Glitter aveva pronunciato: "il posto dove mi sono pazzamente innamorato di lei.. Cercò di immaginare che quella frase fosse per lei.

L'abito da sposa

Il tempo correva veloce come una maratona ad ostacoli, anche se in gioco non c'era una medaglia da vincere ma la vita .

Era un giorno di settembre quando Elisheva stava facendo l'ultima prova del suo bellissimo abito da sposa. Linear, metteva in evidenza il suo corpo slanciato e longilineo. La scollatura era ornata da perle che formavano piccole margherite.

Felice si raccolse i capelli, rimirandosi in uno specchio reso opaco dal tempo, che non rendeva giustizia alla bellezza dell' abito. Ma il suo stato d'animo non ne era intaccato, perché pensava solamente che entro meno di un mese avrebbe sposato l'uomo che amava.

Glitter non era di buono umore, invece, quel giorno: aveva brutti presentimenti, si sentiva come se l'aria lo soffocasse, ma non capiva il motivo.

Per rasserenarsi si avvicinò al dipinto della sua amata, pensando ai suoi risvegli futuri, più gioiosi perché avrebbe visto nascere ogni nuovo giorno fra le braccia di Elisheva.

Cullato da quei pensieri, si rallegrò l'anima e uscì. Doveva andare a riscuotere il compenso per il ritratto di Teresa.

"Se ho bisogno di lei, posso richiamarla?" chiese donna Rosa.

"Certo, sa dove trovarmi."

"Aspetti che chiamo Teresa, così la saluta... è entusiasta del quadro, non fa che guardarlo!".

"Questo mi lusinga, signora, mi sono trovato bene con voi."

"Vieni, Teresa. Saluta Glitter... Io vado da quel brontolone di tuo padre che non trova il cappello blu" e uscì, con uno sguardo di complicità alla figlia.

"Ti ringrazio ancora, e ringrazierò don Peppino per avermi dato il modo di conoscerti."

"Sei una brava ragazza, Teresa, ti auguro tanta fortuna."

Se ne andò, seguito dal suo sguardo.

Arrivato a Palermo, vide alcune persone raccolte davanti ad un manifesto. Si avvicinò e ne lesse il titolo a grosse lettere nere: "Provvedimenti per gli ebrei."

Senti una stretta al cuore. Tra la gente circolava voce che gli ebrei fossero a rischio.

Affrettò il passo.

Il padre di Elisheva indisse una riunione familiare in cui annunciò che erano in pericolo, e si rivolse a Elisheva: "Tu non puoi sposare quell' uomo, metti a rischio la sua vita e la nostra. Dobbiamo andar via prima che ci prendano."

"Papà, io non mi muovo da qui... non voglio separarmi da Glitter!"

"Piccola stupida testarda! Non capisci la gravità della cosa... Se rimaniamo qua chissà cosa ci succederà... Non pensi a tua madre, a tuo fratello?"

"Ma cosa abbiamo fatto di male? Perché devo rinunciare al mio sogno?"

"Non possiamo più stare qui, dobbiamo andar via appena possibile. Ci sono amici che si sono offerti di aiutarci. Facendo così metti a rischio tutti noi."

"Ma come faccio a lasciare la persona che amo? Non mi puoi chiedere questo!"

"Figlia mia, se ti ami come dici, capirà. Se rimani qui chissà cosa potrà capitarci, sicuramente qualcosa di brutto."

In preda all'angoscia uscì, scese di corsa le scale. Doveva vedere assolutamente Glitter.

Non poteva perderlo ma non voleva perdere neanche la sua famiglia, Le lacrime le appannavano gli occhi, scontrandosi con i passanti.

"Dio mio cosa devo fare?"

Bussò alla sua porta ma non ebbe risposta, così prese la chiave dove lui la nascondeva, aspettandolo in casa.

Lui arrivò a casa affannato, demoralizzato per ciò che aveva letto. Temeva per la vita di Elisheva.

"Devo chiedere aiuto a qualcuno che li possa nascondere", diceva fra sé salendo le scale. Pensava alla famiglia Moncada. Sapeva che il padre di Teresa aveva una certa influenza sui militari.

Con sorpresa, trovò Elisheva distesa sul suo letto, dormiva ancora con le guance segnate dalle lacrime. Non volle svegliarla. Prese cavalletto e tela per immortalare quel momento, con i colori che si miscelavano alle lacrime, nel pensiero di perderla per sempre.

Questa volta non la dipinse nuda. Scelse tinte più forti, e le ritrasse il viso segnato con sfumature di pioggia.

Dipingendo, pensava a cosa fare. Come poteva affrontare la situazione? Mille domande senza risposte. Si sentiva impotente, non riusciva a trovare una via d'uscita.

La sua mente viaggiava veloce come la sua mano a disegnare, cercando una soluzione.

Prese la tela dipinta, la nascose e si adagiò vicino a lei, guardandola, con la mano appoggiata sulla nuca per sostenerla, senza batter ciglia.

Elisheva si svegliò e gli sorrise. Con voce sottile gli chiese: "Hai saputo cosa sta succedendo?"

Lui annuì, accarezzandole i capelli.

"Cosa dobbiamo fare? Non voglio perderti, Glitter."

"Non mi perderai, a costo della mia vita!"

Quella sera fecero l'amore con più trasporto. Elisheva baciava ogni centimetro del corpo dell'uomo che amava, sentiva un sapore sconosciuto al suo palato.

Più tardi, distesi stanchi uno tra le braccia dell'altro, lui aveva un'amarezza addosso, l'angoscia di perderla, di non vederla mai più.

"Glitter, non perdiamo più tempo, sposiamoci subito!"

Quella proposta lo disarmò. Le parole del padre di Elisheva gli rimbombavano ancora nella mente.

"Non facciamo le cose affrettate. Aspettiamo un paio di giorni, poi si vedrà. Adesso vestiti, andiamo dalla tua famiglia. Saranno preoccupati per te."

Non camminava tranquillo per la strada, quel giorno, aveva il timore che qualcuno potesse avvicinarsi per portarsela via. In ogni viso vedeva il nemico, allora accelerava il passo.

Il padre di Elisheva prima le diede uno schiaffo, poi l'abbracciò.

"Non ti permettere più di andartene via come hai fatto oggi! Ci hai fatto stare in pena, lo sai che tua madre non si può agitare per la sua malattia!"

Glitter lasciò Elisheva con la sua famiglia per poter chiedere aiuto. Doveva trovare qualcuno disposto almeno a nasconderli per un po' di tempo.

"Ma chi può aiutarmi... chi?"

All'improvviso pensò a don Peppino. Sì, lui forse poteva fare qualcosa, ma non sapeva come rintracciarlo. Le uniche persone che potevano dirgli dove trovarlo erano la famiglia Moncada. Così, s'incamminò spedito verso la loro casa.

Suonò alla porta e gli aprì Teresa, che nel vederlo arrossì.

"Che piacere rivederti, Glitter! Qual buon vento ti porta qui?"

"Ho bisogno di parlare urgentemente con don Peppino."

"Ti trovi in difficoltà? Ti vedo molto agitato... Accomodati, non stare fuori dalla porta."

Glitter raccontò tutta la situazione a Teresa.

"Ecco perché cerco Don Peppino."

"E' molto rischioso quello che vuoi fare, ma ecco il suo indirizzo."

Lui la ringraziò stringendole le mani e corse via.

Teresa restò ferma, sulla porta, a guardarlo allontanarsi. Era molto attratta da lui e rivederlo le aveva fatto uno strano effetto... anche se era cosciente che amava un'altra.

"Ma tu hai perso la ragione! Qui si rischia molto!"

"Don Peppino, lei ha tante terre.. Li può nascondere in qualche casolare finché non si calmano le acque."

"Mi dispiace ma non posso aiutarti... l'unica alternativa è farli andare via subito."

Glitter chinò il capo, deluso, e si congedò.

"Dove sei stato tutto questo tempo?"

"A cercare una via d'uscita... ma vedo che intorno a me c'è solo un grande labirinto."

"Mio padre vuole partire già da giorni. Dice che più stiamo qui più siamo in pericolo, ma io non li seguirò."

"Dormiamoci su stanotte, sono troppo stanco per discutere" concluse a bassa voce.

La prese per i fianchi e la baciò con trasporto, come se la sua lingua voleva assorbire tutto di lei.

C'era silenzio per le strade. Si sentivano solo i suoi passi, sotto una luna piena che baciava la notte intrisa di brezza marina.

"Andrò via con loro" pensava ad alta voce. "Venderò tutti i quadri, anche quello di Elisheva... Sicuramente don Peppino me lo pagherà bene."

Si alzò all'alba, prese le tele, le avvolse con cura una per una, facendo il calcolo di quanto poteva ricavarne.

Don Peppino lo prese per pazzo, sentendo la sua decisione.

"Stai rischiando molto, ragazzo mio, comunque ti posso dare 300 lire per i quadri."

Lui prese i soldi e se ne andò, con una stretta al cuore. L'unica scelta giusta era quella, per non dividersi da Elisheva.

"Quando avete l'appuntamento con i vostri amici?"

"Perché lo vuoi sapere?" chiese il padre di Evangelista, "Perché partirò con voi."

"Pensaci bene, prima. Lo so che ascolti il tuo cuore, ma voglio che ragioni anche con la testa."

"Ci ho pensato tutta la notte... Se io rimango, sua figlia non parte. Ciò vuol dire che la sua vita è a rischio. E poi l'amo, non posso pensare alla mia vita senza di lei."

"Elisheva, non essere cocciuta. Prepara i bagagli. Vedrai che troveremo un posto sicuro."

"Glitter, io non mi muovo da qui e non voglio che tu ti sacrifichi per noi."

La ricerca

Verso sera gli giunse la voce della radio dei vicini attraverso le serrande. La voce stentorea dell'annunciatore annunciava che avevano arrestato ebrei in tutta Italia.

Quella notizia lo sconvolse a tal punto che perse l'equilibrio.

Aspettò l'alba per dirigersi verso casa di Elisheva e dire che dovevano andar via subito.

Preparò il necessario per partire. Con il cuore in gola si avviò. Lungo la strada incontrò una fila di camion pieni di soldati. Passarono rombando.

"Dio mio fa che non siano arrivati a loro", pregò, allungando il passo.

Giunto a destinazione salì di corsa le scale, ma trovò la porta spalancata.

Le lacrime gli scendevano senza che se ne accorgesse. Girando per le stanze vide l'abito da sposa sul pavimento.

S'inginocchiò, stringendolo fra le braccia, e urlò con tutta la forza, singhiozzando: "Amore mio, dove ti hanno portata?"

Si precipitò per le scale. C'erano i vicini affacciati ai balconi, che parlavano fra di loro "Si purtarunu tutta a famigghia" annunciò una donna, scrollando la testa.

"Dove li portavano?" incalzò Glitter, ma nessuno diede risposta, "Ci sarà un posto dove li portano?"

Cercò invano per le strade, finché giunse davanti a una caserma.

Vide tante persone, intere famiglie in fila. Entrò, le grida rimbombavano fra le pareti, cercò nella folla, ma non c'era traccia di loro.

Forse gli amici del padre di Elisheva erano arrivati in tempo.

Più passavano i giorni, più il suo cuore non si dava pace.

Il dubbio lo tormentava: con chi erano andati via, con i tedeschi? Oppure il padre, sapendo che erano alle porte, aveva accelerato i tempi con i loro amici? Queste domande angoscianti non trovavano risposta.

Intanto crescevano le diffamazioni contro gli ebrei italiani. La persecuzione si faceva sempre più potente. In tanti emigravano, coscienti della pericolosità.

Il fascismo ormai aveva adottato le leggi razziali, e i militari avevano l'ordine di cercare in ogni angolo famiglie ebraiche per arrestarle. Il regime seguiva i dettami di Hitler, per il quale la razza definita "giudea" era un ostacolo al suo dominio, considerata una minaccia per la stabilità economica.

Nel giro di poche settimane persino i professori universitari ebraici persero il posto di lavoro. In molti scomparivano, senza lasciare traccia.

Glitter, in tutto questo, si sentiva demoralizzato. Non sapeva nemmeno dove cominciare a cercarla, e aveva anche poche lire in tasca. Ma in quei giorni ebbe una chiamata dalla famiglia Moncada. Decise di andarci.

Donna Rosa voleva un ritratto che riprendesse tutta la sua famiglia, e lui accettò per bisogno.

Teresa era molto affettuosa con lui. Incoraggiandolo, confortava il suo dolore. Anche se parlava sempre di Elisheva, lei sapeva ascoltare, nascondendo l'amarezza nel cuore.

Un giorno vide don Peppino arrivare a villa Moncada. Si appartò con donna Rosa e parlarono animatamente.. Sentì il mercante d'arte rassicurarla: "Non preoccuparti, ho tutto sotto controllo."

"Donna Rosa è una donna distinta, lui un puttaniere" pensò. "Spero che non abbiano nessuna relazione, Teresa ne soffrirebbe."

Loro, vedendo che Glitter li osservava, fecero finta di nulla. Don Peppino con passo deciso gli si avvicinò, dandogli una pacca sulla spalla.

"Ho saputo della tua fidanzata, me ne dispiace molto."

"La ringrazio, ma io non mi arrendo. Andrò a cercarla, a costo della vita!"

"Sei una testa calda! Fai passare questo brutto periodo prima di metterti alla ricerca, adesso come adesso non troveresti via d'uscita... Sono molto accaniti e ci va di mezzo anche chi non è ebreo".

"Ascolta don Peppino", consigliò donna Rosa.

La guerra

Passarono mesi dalla scomparsa di Elisheva, eppure sentiva ancora addosso l'odore di lei, ricordando quell'ultima notte, intensa e piena di passione.

Per le strade vedeva aumentare gli episodi di violenza contro gli ebrei: i militari li trattavano come animali, attaccati con i polsi, in fila, divisi tra uomini e donne.

Il 10 Giugno del 1940 l'Italia entrò in guerra a fianco della Germania. Tutti gli ebrei stranieri vennero internati.

Glitter venne a sapere che a migliaia erano deportati in campi di concentramento, costretti a lavorare in condizioni disumane, imprigionati dietro mura di filo spinato. Uno di questi campi era in Calabria, non molto lontano.

Voci di popolo dicevano che don Peppino organizzava festini per i militari tedeschi, facendoli divertire con prostitute.

Glitter trovò la notizia positiva per i suoi piani. Aveva bisogno di lui per procurarsi una divisa tedesca, con lo scopo di arrivare a quel campo di concentramento, augurandosi che Elisheva fosse prigioniera lì.

Era rischioso camminare per le strade di notte perché c'era il coprifuoco e soldati in ogni angolo.

Si fece coraggio e s'incamminò per andare a chiedergli aiuto. Quando vedeva una pattuglia si nascondeva, sdraiandosi per terra, ma alla fine riuscì ad arrivare a destinazione, sano e salvo.

Bussò ripetutamente alla porta di don Peppino.

Dopo pochi minuti, l'uomo aprì. Stupito nel vederlo, gli chiese brusco: "Che sei venuto a fare?"

"Ho bisogno del suo aiuto!"

Lo fece accomodare, accendendo una candela per far luce alla stanza, e con padronanza lo invitò a spiegargli tutto.

"Ma tu sei pazzo! Lo sai che rischio anch'io nell'aiutarti? Se faccio sparire una divisa tedesca, quelli mi mandano al campo di concentramento! E poi ti ho detto che per adesso devi stare calmo perché non è strada che spunta, nessuno ti può dare una mano, hanno tutti paura."

Si riferiva al rischio di essere scoperti e denunciati. Da tempo, sui muri campeggiavano manifesti, bene illustrati da un grafico, Gino Boccasile, che avvertivano "Il nemico vi ascolta."

L'Italia non vedeva di buon occhio quei manifesti, la gente li trovava imbarazzanti e sinistri nel contenuto e gli animi erano sempre più accaldati.

Glitter non concepiva la persecuzione agli ebrei come non concepiva la guerra... Era un uomo che amava la pace e la tolleranza. Ecco perché si trovava a Palermo: era scappato dalla Polonia e dalla sua famiglia benestante quando aveva ricevuto la chiamata per il servizio militare, ed era considerato un disertore. Se fosse tornato, o se i tedeschi lo avessero riconosciuto, sarebbe stato fucilato. Dopo l'invasione del '39 la Polonia era stata spartita fra Germania e Russia, e l'esercito polacco faceva parte dell'esercito tedesco. Quindi ormai era un disertore della Wehrmacht.

Passarono altri mesi.

Hitler si faceva sempre più strada mentre l'Europa stava trasformandosi in una grande trappola.

Intanto tra Glitter e Teresa stava nascendo una bella amicizia, almeno da parte di lui. Invece, per lei stava maturando un vero amore ma stava ben attenta a non svelare i suoi sentimenti per paura di perderlo.

Facevano lunghe passeggiate. Avevano tanto in comune: l'amore per la pittura, sentire la sabbia sotto i piedi nudi... Piccole cose ma per lei erano grandi ed ogni volta che lui le parlava di Elisheva, le si lacerava il cuore.

"Mamma, non so per quanto tempo potrò mantenere il nostro segreto..."

"Teresa, ormai non puoi tirarti più indietro, metti a rischio tutti noi"

"Lo so, mamma! Ma mi sento sporca nei suoi riguardi... L'amore non si conquista così! E poi, lui non riesce ad amarmi perché il suo cuore è colmo di lei."

"Tranquilla, la dimenticherà."

"No, mamma, penso proprio di no. Se tu vedessi i suoi occhi quando parla di lei... Brillano come rugiada... I lineamenti del viso diventano più dolci."

"Se ti sentisse don Peppino ti prenderebbe a schiaffi, sai quanto ti vuole bene e tutto ciò lo ha fatto solo per te."

Non c'era speranza di trovare Elisheva, e questa angoscia lo stava uccidendo giorno per giorno. Infine, abbandonò il suo piano e provò a rassegnarsi all'idea di averla perduta per sempre. Ma le scriveva lettere d'amore, per sentirla più vicina.

"Amore mio grande , sei la luce dei miei occhi, che adesso non riposano più nel pensarti, ti prego entra nei miei sogni, dimmi dove sei e porta pace nel mio cuore martoriato dalla paura di perderti."

Una notte Glitter ebbe un incubo: vedeva lei in lontananza che piangeva. Si svegliò di colpo.

"Dio mio! sto diventando pazzo!" Non l'aveva mai sognata prima. Si alzò e aprì la finestra per rinfrescarsi il viso, sconvolto da quell'orribile visione.

"Forse ha bisogno di aiuto" si ripeteva "Forse vuole che mi rimetta a cercarla".

Quante domande si inseguivano nella sua mente, dove si strozzavano urla di rabbia.

Per alleggerirsi il cuore, ne parlò con Teresa.

"Non so cosa fare, mi sento impotente."

"Non devi, Glitter... cerca di reagire."

In un moto di tenerezza gli accarezzò la nuca. Lui si voltò di scatto e involontariamente le loro labbra si sfiorarono. Glitter si scostò subito, scusandosi dell'accaduto. Lei invece era rimasta pietrificata da quel soffice bacio.

"Non devi scusarti anzi se devo essere sincera mi è piaciuto", sussurrò.

Lui la guardò perplesso, ma non seppe rispondere.

Teresa, mentre si spazzolava i capelli prima di andare a dormire, pensava a quel bacio accarezzandosi le labbra.

"Amo quell' uomo... Devo fare tutto il possibile perché si dimentichi di lei" si ripeté nella mente.

Il segreto

Intanto, Don Peppino era diventato un uomo potente, grazie al contrabbando di farina.

I tedeschi chiudevano un occhio, in cambio di notti con prostitute anche di basso bordo.

Certo, non era molto felice della vita che conduceva. Da vent'anni amava una donna che era di un altro, e soprattutto avevano un grande segreto da mantenere che li teneva più uniti. Ma tutto questo gli portava amarezza nel cuore. Avrebbe voluto un'esistenza normale, serena, una famiglia... Invece si ritrovava a fare collezione di femmine da una botta e via...e si ritrovava sempre solo. alla fine... Senza amore, al risveglio.

Ma ogni essere umano ha qualcosa da nascondere in un angolo del cuore, come cicatrici aperte che ogni tanto sanguinano.

"Avete sistemato bene quella famiglia? Mi garantite che non tornano più?"

"Tranquillo, don Peppino! Non vi daranno più fastidio, li abbiamo sistemati lontano da Palermo, l'unico problema era la ragazza... non stava ferma con le mani, sembrava un leone in gabbia. L'abbiamo dovuta legare e imbavagliare, perché urlava come una pazza scatenata! Mi fimmina, se ci sentivano ci fucilavano tutti!"

"Ecco le 500 lire che vi avevo promesso, sto nella vostra parola e fiducia."

La rassegnazione

Un sera di novembre del 1940, un uomo di spalle, seduto su una roccia, accarezzato dalla brezza, disegnava un tramonto.

Il suo pensiero era sempre rivolto alla donna che amava. Si faceva mille domande senza aver nessuna risposta.

"Forse sarebbe ora di riprendere la mia vita... non posso vivere di ricordi."

Di spalle sentì una mano di donna accarezzargli la nuca... "Ciao, Teresa, che ci fai qui?"

"Mi mancava la tua presenza..."

Si sedette anche lei sulla roccia, osservando l'uomo che le stava accanto.

"Potrai mai amarmi?"

"Teresa, vivo ancora pensando al passato... Ho troppi dubbi e incertezze, non voglio illuderti, non te lo meriti. Sei una brava ragazza."

Lei alzò lo sguardo, senza dire niente, verso il tramonto, sforzandosi di trattenere le lacrime.

"Stai ferma così, Teresa, voglio immortalare questo momento nel mio dipinto."

"Sappi che ti amo, Glitter."

"Io ti stimo molto, Teresa ma non provo amore... Tra noi ci può essere solo una dolce amicizia."

"Saprò aspettare."

"Non bruciare la tua gioventù con un uomo che vivrà sempre in conflitto con gli spettri del passato, e che, soprattutto, non può offrirti niente."

"Io potrei offrirti tanto, invece, se solo tu lo volessi, non puoi vivere di ricordi."

Si alzò, girando le spalle senza aspettare risposta.

"Già, vivere di ricordi.. Ma ho ancora il sapore delle sue labbra sulle mie, e negli occhi la sua pelle color pesca, la sento ancora fra le mani" finì, in un sussurro.

"Andiamo, ti riaccompagno a casa."

E si incamminarono vicini, ma così lontani, in silenzio, ognuno curvo sotto il peso del proprio dolore.

"Mamma, soffre molto quell' uomo, ho paura che venga a sapere la verità... Mi odierà per tutta la vita e lo perderò veramente."

"Teresa, stai tranquilla... Don Peppino farà in modo che lui non venga mai a sapere nulla. Ma tu, lo ami così tanto?"

"Si, mamma! Ma così non è un amore puro, nato dal suo cuore nei miei confronti."

"Ti sbagli, non lo stiamo spingendo ad amarti... Ti stiamo soltanto facilitando la la strada per arrivare al suo cuore."

"Almeno don Peppino ha notizie di loro, sa se stanno bene?"

"Stai tranquilla, sai che lui fa le cose a modo."

"Peppino, Teresa soffre molto per amore, ma l'assalgono anche i sensi di colpa. Ha paura di poterlo perdere se si scopre la verità."

"Rosa, stai tranquilla. Niente e nessuno oserà far soffrire Teresa, a costo della mia vita! E' l'unica cosa bella che mi ha donato."

"Parla piano, Peppino, che ci può sentire!"

"Prima o poi deve saperlo che sono suo padre, che è frutto del nostro amore!"

"Tu sei pazzo!! I patti non erano questi, sai cosa vorrebbe dire per lei venire a sapere una cosa del genere?!"

"Ma non pensi a me? A come mi sento senza te, senza lei! Vivere una vita da sbandato, vedere mia figlia che chiama papà un altro?"

"Hai le tue donne che ti consolano e tu le ripaghi con regali costosi!"

"Come fai ad essere così perfida? Sei stata tu a portarmi dove sono, perché volevi i gioielli, una vita da signora e ti sei sposata il primo gentiluomo che ti è capitato fra le mani, ingannandolo con una figlia in grembo... Ed hai il coraggio di fare la morale a me?"

"Tu che futuro ci potevi dare, a me e a mia figlia?"

"Nostra figlia, Rosa! Nostra!"

Un rumore fuori dalla porta li interruppe, ma non c'era nessuno.

"Adesso basta, Peppino. Chiudiamo qui il discorso, diamoci da fare per Teresa, che viva la sua vita tranquilla senza rimorsi."

"Che bella giornata di sole, Glitter! Ti va di fare una bella passeggiata?"

"Certo, Teresa. Mi ci vuole, in verità... E grazie della tua amicizia. Mi fai sentire meno solo."

"Sappi che non sarai mai solo. Dai, oggi devi sorridere, il sole ci guarda e i suoi raggi riscaldano il cuore."

"E' da tanto che conoscete don Peppino?"

"Si, da molto tempo, mia madre era una grande amica di sua sorella". "Adesso dove si trova?". "E' morta di polmonite...E' stato un duro colpo da digerire per lui, era l'unica persona cara che aveva."

"Mi dispiace tanto, chissà come avrà sofferto... Ma, che hai in quel cestino che tieni così gelosamente?"

"Adesso vedrai ..."

"Fai la misteriosa?" rise Glitter, guardandola intenerito.

Lei adagiò un plaid sotto un albero di ulivo centenario, e aprì il cesto: c'erano panini conditi, una bottiglia di vino e tanta frutta.

Si sedettero, scherzando sulla quantità di cibo che la ragazza aveva preparato, "per un reggimento". Ma lui mangiò tutto con fame... Sembrava spensierato, rendendo felice Teresa.

"Sai, da piccola venivo sempre qua. Era il mio rifugio preferito...Tante volte capitava che mi addormentassi, per la pace che regnava intorno a me."

"Non avevi amichette con cui giocare?"

"Poche, stavo sempre chiusa all'interno della villa, ma ero lo stesso felice, inventavo personaggi con la mente, il mio principe azzurro"e arrossì. "Tu, invece?"

"Io da bambino ero già un ribelle...Non stavo mai in casa, andavo sempre alla ricerca di cose nuove. Poi, con mio padre non avevo un buon rapporto. Già da piccolo avevamo divergenze... Da grande si sono complicate, ecco perché mi trovo in questa città."

E continuarono a chiacchierare, a sorridere, raccontandosi episodi d'infanzia e adolescenza, Le ore trascorsero velocemente. Quando il sole iniziò a tramontare, ripresero sereni la strada del ritorno.

Teresa tornò a casa contenta della giornata trascorsa...Lo aveva visto diverso, più rilassato.

Il nome di Elisheva non era uscito nemmeno una volta dalle sue labbra, e questo le diede la forza di mantenere il suo segreto.

Palestina

Tanti ebrei, da quando era scoppiata la guerra, ma anche prima, erano scappati in Palestina, chi senza i genitori, chi senza marito... Famiglie divise. famiglie distrutte che si arrangiavano per sopravvivere.

Visi segnati dalle sofferenze, corpi mal nutriti... In molti avevano viaggiato anche sotto le bombe, per cercare la loro libertà, e tutti si auguravano di rivedere i familiari.

"Mamma, mamma dove sei ?"

"Sono qui... che hai da urlare?"

"Ho fatto un brutto sogno, vieni vicino a me..."

"Eccomi, tesoro mio, non avere paura. Finché c'è la tua mamma, nessuno ti può far del male."

"Lo so, mammina, ma sogno sempre lo stesso uomo che mi vuole portar via."

"Piccolo amore mio indifeso" pensava la donna, con il cuore stretto.

Il bambino, che si chiamava Adam, si riaddormentò ma era ancora un po' agitato.

"Non ho più lacrime da versare piccolo mio, avrei voluto darti una vita diversa da questa, mi sento in colpa per averti messo al mondo senza un padre accanto. Ma la cosa che mi fa più male è non sapere se posso darti un buon avvenire, come meriti... ti posso dare solo amore."

Con questi tristi pensieri ad amareggiarla, la donna prese filo e ago e si mise a cucire. Il suo viso era segnato, i capelli arruffati. La sua bellezza era velata da rughe di sofferenza, mentre nella sua mente si ripeteva: "Perdonami, amore mio, per esser andata via senza salutarti, per averti reso padre senza che tu lo sappia."

La sua vita non era facile, la rabbia di non aver potuto dare una vita migliore al figlio la faceva impazzire.

"Perché mi hanno portata via? Chi erano quegli uomini, che mi hanno proibito di aspettare Glitter? Papà, tu ne sai più di me, parla! Dimmi, perché tutto questo?"

"Li ha mandati Glitter..."

"Non ci credo! Lui non può aver fatto una cosa del genere, sarebbe venuto con noi, ne sono sicura! Papà, mi hai ingannato, hai tradito il tuo stesso sangue! Cosa ne sarà della mia vita e di mio figlio? Quanto dovrò patire ancora?"

"Perché non mi credi? Mi hanno detto di essere mandati da Glitter, che in secondo tempo ci avrebbe raggiunto!"

"Sono passati quattro anni papà, quattro lunghissimi anni, perché mi avrebbe mandata via così?"

"Non lo so, che mi fulmini il cielo! Io non ne sapevo nulla, credimi, ti dico la verità...i miei amici aspettavano una risposta, per muoversi, poi sono spuntati questi a casa nostra!"

Il viaggio

I mesi passavano interminabili, e Adam cominciava a far domande sul padre.

"Mamma, quando ci viene a prendere papà?"

"Spero al più presto tesoro mio."

"Se si ricorda ancora di me. Se mi amava non mi avrebbe mandata via" pensava intanto.

La sua salute non era delle migliori, soffriva sempre di dolori al petto. Una febbre continua la distruggeva e il padre cominciava a preoccuparsi seriamente.

Un giorno, Elisheva ascoltò la conversazione di un gruppo di uomini, che volevano andare a prendere il resto delle loro famiglie.

"Papà, ho sentito di qualcuno che si sta organizzando per partire, gli farò la proposta di portarmi con loro, insieme a mio figlio."

"Tu sei pazza, figlia mia! Pazza! Non te lo permetterò! Col tuo stato di salute non puoi affrontare un viaggio... non solo, metti a rischio anche la vita di tuo figlio!"

"Devo cercare suo padre, non voglio che cresca senza una figura paterna e di certo tu non mi ostacolerai in questa mia decisione."

"Col tuo stato di salute non puoi fare molta strada... Saresti anche un peso per loro."

"Gli offrirò del denaro, vedrai che accetteranno."

"Non pensi a me e a tuo fratello? Riflettici ancora un po', prima".

"No, papà, ho gia deciso: andrò via con loro. Non mi capiterà più un'occasione del genere."

"So che non posso convincerti... che questa battaglia la vinci tu, quindi ti benedico, figlia mia."

Lei chiese subito se poteva far parte del gruppo, con suo figlio, ma uno rispose: "E' troppo pericoloso, non vogliamo donne fra i piedi, specialmente con un bambino."

Lei li supplicò, assicurando che non avrebbe dato fastidio, che doveva assolutamente andare in Sicilia dove si trovava il padre di suo figlio, perché stava male e aveva paura che rimanesse solo.

Un altro sentenziò: "Una donna, e pure ammalata! Non se ne parla nemmeno."

Ma Elisheva riuscì a convincerli, offrendogli un po' di soldi e, dopo alcuni giorni, si misero in viaggio.

Dovettero affrontare di tutto nel loro cammino.

Adam si lamentava che era stanco e lei sottovoce lo ammoniva: "Amore mio, se ti ti sentono ci lasciano qua... Ti sto portando dal tuo papà ma devi avere pazienza."

Il bambino capiva la sofferenza della madre e in silenzio proseguiva il viaggio.

Quando riuscirono a trovare un passaggio su una barca di pescatori, poterono raggiungere Lampedusa. La Sicilia era ormai ad un passo...

Ma quando approdarono, videro degli uomini ed ebbero una grande paura.

Elisheva si disse: "Ecco la nostra fine!"

"Chi va là?" intimò uno di loro.

"Veniamo dalla Palestina, stiamo andando in Sicilia."

"Non preoccupatavi, vi aiuteremo noi ad arrivarci" li rassicurarono.

Uno soggiunse: "Siete incoscienti, però nel portarvi dietro una donna con un bambino! Non state facendo una passeggiata."

Elisheva rispose subito: "Avete ragione, ma sono stata io ad insistere, mi assumo tutte le responsabilità."

La stanchezza si faceva sentire, lungo la strada.

Uno dei Partigiani si mise sulle spalle il bambino perché vide la donna molto pallida.

"Dio mio, non farmi morire, dammi forza fino in Sicilia dove Adam potrà conoscere suo padre, solo così potrò avere pace" pregava Elisheva, stremata.

Ma dopo un po' perse i sensi e si accasciò. Aveva la febbre molto alta.

Uno degli uomini disse: "Non possiamo portarcela dietro in queste condizioni."

Adam si sedette accanto alla madre, piangendo.

"Mammina mia, guarisci presto."

"Non ti preoccupare, figlio mio, non è ancora la mia ora."

Poi chiamò uno degli uomini, lo pregò di avvicinarsi e sussurrò: "Mi promette,che se mi succede qualcosa... lei porterà mio figlio dal padre? Me lo prometta, per favore!"

L'uomo, commosso, annuì.

"Mi dia carta e penna, per favore...."

Con mano tremante, scrisse: "Amore mio, non mi so spiegare per quale motivo hai mandato quella gente per allontanarmi da te. Mi trascinarono via con la forza, gridavo per la disperazione ma le mia urla sono state vane. Mi sono calmata solo quando mi hanno detto che tu mi avresti raggiunta al più presto.

Ho passato mesi d'inferno prima che scoprissi di essere incinta... Sentivo tuo figlio dentro di me, e questo mi dava forza perché c'era il sangue del tuo sangue che mi teneva compagnia, ma dovetti nascondere la gravidanza per paura che potessero farmi del male.

Ho aspettato per anni che tu ci venissi a prendere, come mi era stato garantito dai tuoi amici... Bugie, solo bugie!

Si chiama Adam, tuo figlio. Non so se riesco a proseguire questo viaggio...ti mando una persona con il nostro bambino, cerca di averne cura, anche se dovessi avere una famiglia tutta tua. Sappi che ti ho sempre amato e ogni mio respiro e risveglio era rivolto a te.

Con amore, Elisheva."

Il loro cammino era sempre più pesante.

Uno dei partigiani, Carlo, disse: "Bisogna prendere una decisione, non possiamo portarci dietro la donna, ha bisogno di cure... Cerchiamo qualche famiglia che possa ospitarla fino alla guarigione, anche se dubito che campi molto."

Trovarono una cascina, si avvicinarono: c'erano galline, maiali e tre mucche.

Uno disse: "Meno male, questa fattoria è abitata! Chiediamo aiuto."

Bussarono più volte, finché si affacciò un uomo di mezza età con un fucile in mano. Puntandolo verso di loro, gridò: "Chi siete, cosa volete?"

Carlo spiegò: "Non vogliamo farvi del male, abbiamo una donna che sta male. Con lei c'è anche il figlio."

L'uomo si avvicinò, vide Elisheva mal ridotta e disse: "Portatela dentro."

Lui e la moglie la fecero stendere, poi offrì a loro un po' di vino con formaggio, mentre la donna si prendeva cura di Adam, che non si voleva separare dalla madre.

Dopo aver mangiato, Carlo chiese: "Possiamo lasciarla qui? Forse con un tetto e un po' di riposo può guarire... Se tutto va bene, torneremo a prenderla."

L'uomo guardò la moglie, consultandosi con gli sguardi.

"Va bene, potete lasciarla qui con il figlio."

Elisheva sentì tutto. Con un cenno fece avvicinare Carlo: "Mi hai promesso di portare mio figlio dal padre... non lasciarlo qui, ti scongiuro , ecco la lettera dove c'è l'indirizzo del padre, mettila in tasca al bambino, ti prego, dagli questa opportunità, ho paura che mi resti poco da vivere , non voglio che mio figlio rimanga solo, lo capisci!"

Il bambino scalciava Carlo, che lo teneva in braccio.

"Lasciami stare, voglio la mia mamma! Mammina, non farmi andare via con loro, voglio rimanere con te! Ti prometto che farò il bravo."

Lei gli chiese di avvicinarsi: "Amore mio, non sono cattivi questi uomini, ti stanno portando da papà... Ti ricordi quante volte mi chiedevi di lui? Carlo ti sta offrendo la possibilità di vederlo, avrai una vita migliore, fidati della tua mamma. Non piangere, amore mio, non rendere questa decisione ancora più difficile."

Lui si asciugò gli occhi, annuì, prese la mano di Carlo e si avviarono.

"Addio figlio mio, addio."

Carlo

Proseguirono il viaggio, gli uomini facevano a turno per tenere Adam sulle spalle.

Il bambino stava in silenzio e seguiva le istruzioni di Carlo, ma una notte ebbe un brutto incubo, così cominciò ad agitarsi e urlare.

"Cos' hai, Adam?"

" Per te, la mia mamma morirà?"

Quella domanda lo mise in confusione.

"Dormi, piccolo, non pensare alle cose brutte. Vedrai che si sistemerà tutto."

Carlo si immedesimò nella situazione di Adam, perché da piccolo era rimasto orfano sia di madre che di padre, ed era stato cresciuto dai nonni paterni.

Si disse: "Anche se dovessi girare tutta Palermo, troverò il padre del bambino."

"Dobbiamo stare attenti, anche se fa notte. Cerchiamo di non dare nell'occhio. Anzi, dividiamoci, è meglio."

"Il mio papà abita qui?" chiese il piccolo Adam.

"Sì, ma adesso zitto, non parlare, non possiamo fare tanto rumore" rispose sotto voce Carlo."Dobbiamo cercare un posto dove passare la notte, così domani ci mettiamo alla ricerca di tuo padre."

Il bambino si tranquillizzò, addormentandosi sulla spalla dell'uomo.

Lui lo guardava con tenerezza.

"Non so neanche se sia vivo…" Questo pensiero lo faceva star male.

"Se fosse morto, cosa faccio? Sicuramente non lo lascio solo, anche se non gli posso offrire tanto."

Trovato un nascondiglio, si distese con il bambino, riposando a dormiveglia in attesa dell'alba.

Appena sorto il sole, s'incamminarono per le vie di Palermo.

C'era un' aria tesa, per strada: molti manifesti citavano: "Americani alle porte", ma in quel momento la cosa più importante era trovare al più presto il padre del bambino.

Adam si guardava in giro affascinato, non aveva mai visto una città. Tutto gli sembrava nuovo, e la curiosità era tale che persino sulle sue labbra si smussavano sorrisi.

Carlo intanto chiedeva ai passanti se conoscevano la via che gli aveva indicato Elisheva, ma riceveva sempre risposte negative.

Incontrò gli altri del gruppo, si scambiarono due parole e ognuno prese la sua strada per non dare nell'occhio.

"Dobbiamo cercare un posto finché non troviamo tuo padre" disse al bambino, ma lui non lo ascoltava. Alzò lo sguardo e disse: "Chissà come sta la mia mamma" con gli occhi pieni di lacrime.

Gli stringeva il cuore vedere quel piccolo soffrire così.

"Pensiamo a trovare tuo padre, adesso... poi penseremo alla tua mamma" cercò di rassicurarlo.

Il bambino gli prese la mano rispondendo di si, poi alzò nuovamente lo sguardo e gli chiese: "Ma tu mi vuoi un po' di bene?"

Carlo gli stropicciò i capelli con il palmo della mano, rispondendogli: "Certo che ti voglio bene, giovanotto!"

Fece un largo sorriso e il bambino lo ricambiò.

C'era un carretto che vendeva pane: il venditore urlava "Pani friscu."

Carlo si avvicinò e chiese al venditore quanto costava. Lui rispose: "Una lira". Ne prese un pezzo e se lo divise con il bambino.

Doveva cercare un altra sistemazione per la notte, prima che si facesse buio.

Chiese in giro e alla fine trovò un posto.

Spacciò Adam per suo figlio. Era una piccola stanza ma c'era una bella vista, con il mare in lontananza.

"Adesso riposati un poco" disse al bambino "Intanto vado a parlare con il padrone della camera, se conosce questo indirizzo..."

L'uomo spiegò che sapeva la via e gli indicò come raggiungerla.

Carlo era sollevato, perché forse aveva trovato il padre.

Rientrando nella stanza vide che Adam dormiva. Restò a guardarlo in silenzio, il pensiero di non vederlo più lo faceva star male. Aspettò che si svegliasse per rimettersi alla ricerca. Entrarono in una viuzza molto mal ridotta a causa della guerra, più avanti incontrarono una vecchietta con un telaio in mano che stava ricamando, canticchiando.

Lui si avvicinò e le chiese: "Mi scusi, per caso conosce un pittore di nome Glitter?"

La vecchietta distolse lo sguardo dal telaio, fissò l'uomo, poi il bambino. Dopo un po' rispose: "Ma vossia cerca u forrestieru, un c'è chiù ...sunnu due anni cà un si viri."

Carlo non capì bene ciò che aveva detto la vecchietta ma Adam sì, perché Elisheva gli aveva insegnato qualche parola in siciliano.

Carlo insisté: "Ma nessuno sa dov'è?"

"Un sacciù nenti" ribadì la vecchietta.

"Siamo punto e a capo" si disse Carlo.

Guardò il bimbo, deluso, che con un filo di voce mormorò: "Adesso sono solo, non ho più nessuno" mentre gli scendevano le lacrime, silenziosamente.

"Non preoccuparti, troveremo tuo padre, te lo prometto."

Girarono per la piazza principale di Palermo, dove un manifesto richiamò lo sguardo di Carlo.

"Annidati tra le macerie di Cassino distrutta, i soldati germanici resistono impavidi agli assalti anglo-americani, stroncando decisamente ogni tentativo di sfondamento."

Storse le labbra e proseguì il suo cammino, tenendo la manina del bambino: doveva affrettarsi a trovare il padre.

Stanchi, si sedettero sul bordo di un marciapiede, osservando i passanti. Passeggiava sia la povertà che la gente benestante, era una gran confusione.

Carlo non sapeva da dove partire. Vide un uomo con il cavalletto e una tela fra le mani e pensò: "Chissà se lui conosce Glitter."

"Mi scusi, per caso conosce un pittore chiamato Glitter?" gli domandò.

L'uomo senza esitare rispose: "Questo nome non mi è nuovo."

"Cerchi di ricordare, per favore, si tratta di una faccenda di massima importanza!"

L'uomo capì e gli disse: "Venga con me."

Carlo prese per mano il bambino e insieme seguirono lo sconosciuto.

Fecero molta strada, si stava facendo anche buio.

L'uomo si fermò e disse: "Aspettate qua.."

Entrò in un portico e scomparve per un po'.

"Chissà se ho fatto bene a seguire quest'uomo?"

Carlo si preoccupava di come mai ci stesse impiegando così tanto tempo.

Adam si lamentava perché era stanco.

"Abbi pazienza, piccolo, se tutto va bene, abbiamo trovato l'uomo giusto che ci porta da tuo padre."

Dopo un po' lo sconosciuto spuntò e annunciò: "Domani mattina si faccia trovare dove ci siamo incontrati, forse posso aiutarvi."

Era l'alba. Carlo non riusciva a prender sonno al pensiero di dover lasciare il bambino. Egoisticamente lo voleva con sé, ma sapeva che non poteva offrirgli nulla di buono, anche per la vita che conduceva. Poi gli venne in mente Elisheva.

"Chissà come sta quella povera donna" si disse. "Certo che la vita non le ha riservato nulla di buono, speriamo che suo figlio abbai più fortuna di lei."

Quando giunsero nel luogo dell'appuntamento, lo sconosciuto era già li.

"Adesso vi porto dalla persona che vi può aiutare a trovare chi cercate."

Si avviarono per le campagne, ma la cosa metteva l'ansia a Carlo: non sapeva se fosse giusto fidarsi del primo venuto... Non aveva paura per lui ma se succedeva qualcosa al bambino non se lo sarebbe perdonato per tutta la vita.

Da lontano videro una grande villa.

L'uomo annunciò: "Ecco, stiamo arrivando."

Giunti a destinazione il giardiniere aprì il cancello, come se li stessero aspettando.

Gli occhi di Adam erano luccicanti per ciò che vedevano: immensi alberi secolari, a destra un roseto di mille sfumature, e ogni rosa aveva un profumo diverso... Più avanti gelsomini, a sinistra fichi d'india. Carlo raccomandò ad Adam di non toccarli per paura che si pungesse.

C'era un gioco di colori in quella villa che era veramente uno spettacolo.

Da lontano videro una giovane donna che si avvicinava.

"Chissà, forse si è sposato... Questa sarà la moglie."

"Buongiorno" disse la donna.

Carlo rispose al saluto: "Buongiorno a lei, signora."

"Questo bel bambino è suo figlio?"

Ci pensò, prima di rispondere poi disse: "E' una storia lunga, ecco perché cerco il signor Glitter."

La donna li fece accomodare.

Carlo osservava la sua eleganza ma non erano indiscreti i suoi sguardi.

"Cosa vi posso offrire, prima di parlare della persona che cercate?"

"Una limonata, grazie. So che qui in Sicilia avete limoni succosi."

Lei sorrise.

"Piccolo ometto, tu cosa vuoi?... Anzi, non so il tuo nome, come ti chiami?"

"Giovanni" rispose lui. Carlo gli aveva raccomandato di non dire il nome vero, perché era ebraico.

"Allora, mi dica... Perché cerca il signor Glitter ?"

"Non per essere scortese con una signora ma per ciò che devo dire ci deve essere la persona interessata."

"Capisco... Mi spiace, non posso aiutarla, sono mesi che non lo vedo."

"Non sa dirmi dove trovarlo?" insisté Carlo rammaricato.

"Non ho più notizie di lui" precisò Teresa. "Ma se dovessi sapere qualcosa, sarà mia premura informarla" e lo congedò cortesemente.

La ricerca

Passavano i giorni senza novità e Carlo era molto demoralizzato.

"Adesso che faccio?" si tormentava. "Che futuro posso offrire a questo bambino?"

Teresa era rimasta turbata dalla visita di quello sconosciuto.

"Chissà cosa voleva... Chi era quel bambino?"

Una voce alle sue spalle interruppe i suoi pensieri, "Che ci fai sola soletta, qua fuori?"

"Assaporo gli odori del vento" rispose lei.

Non fece parola della visita dei giorni scorsi. Aveva brutti presentimenti.

Glitter si era un po' rassegnato. Consapevole che ormai era tutto perso, aveva cercato di riprendere la sua vita e la sua passione nel dipingere, con Teresa che lo riempiva di attenzioni.

Carlo rivide il pittore.

"Allora, ha trovato la persona che cercava?"

"Purtroppo no, non lo vedono da mesi."

Il ragazzo si sentì un po' turbato da quella risposta ma fece finta di nulla.

"Venga con me, la porto in una locanda dove si paga poco e cucinano bene."

Carlo acconsentì. Dovevano mangiare pur qualcosa... Vedeva Adam un po' deperito.

Cominciarono a parlare del più e del meno, "Non ti ho nemmeno chiesto come ti chiami."

"Salvatore."

"Io Carlo" "Posso sapere perché cerchi il signor Glitter?"

"Ho da dirgli qualcosa di importante che riguarda la sua vita."

"Sii sincero, c'entra il bambino?"

Prima di rispondere, Carlo esitò, poi annuì.... Doveva pur parlarne con qualcuno, forse così aveva più speranza di essere aiutato.

Salvatore fece da cicerone, portandoli per le vie di Palermo.

Adam sorrideva, saltellando.

Entrarono nelle viuzze dove si allineavano bancarelle di frutta secca.

Ritornati nella grande piazza, si sedettero sul marciapiede per riposare un po'.

Da lontano videro una carrozza. S'intravedeva una donna, all' interno, che li fissò, girando subito lo sguardo.

Carlo la riconobbe: era Teresa. Si chiese come mai avesse fatto finta di niente nel vederli.

Salvatore voleva sapere di più, facendogli domande più approfondite ma Carlo era molto vago nelle risposte. Non conosceva ancora abbastanza bene il ragazzo, per raccontargli tutto.

"Se entro un paio di giorni non risolvo questo problema me ne dovrò andare."

"Dove andrai?"

"Ancora non lo so di preciso."

"Senza aver trovato il mio papà?" intervenne allarmato Adam.

Carlo gli accarezzò i capelli, per rassicurarlo.

"Stai tranquillo, farò di tutto, prima di arrendermi."

"Peppino, è venuto un uomo con un bambino, nella villa. Cercava Glitter."

"Chi era, Rosa? Cosa voleva?"

"Non ha voluto dare spiegazioni... Voleva parlare solo con Glitter, Teresa gli ha detto che erano mesi che non lo vedeva."

"Questa cosa mi puzza. Cosa ne pensa Teresa?"

"Ha tanta paura che sia mandato da quella donna!"

"Dille di stare tranquilla, adesso scoprirò io, chi è costui."

Glitter e Teresa "Che hai, Teresa? Sei molto silenziosa."

"Nulla, Glitter... Stavo pensando ai preparativi del nostro matrimonio, ci sono ancora molte cose da definire."

"Come siete, voi donne, quando c'è di mezzo un matrimonio!Siete sempre preoccupate!" cercò di scherzare, ma il suo pensiero era volato da Elisheva.

"La devo dimenticare... Non posso vivere con il suo ricordo, sto sposando un'altra donna, è sleale nei suoi confronti" si disse.

"Adesso sei tu, quello silenzioso... Chi sta accarezzando la tua mente?"

"Il mio vestito da sposo, perché mi sta lungo... bisogna accorciarlo!" rise, per scacciare la malinconia.

"Ti adoro, Glitter!"

Intanto don Peppino girava per le vie di Palermo, cercando quell'uomo.

"Ora che mia figlia sta trovando un po' di pace, nessuno può permettersi di turbarla, che cosa doveva dire di così importante a Glitter?" pensava ad alta voce.

"Se deve dargli qualche ambasciata, devo fare in modo che sparisca da Palermo prima delle nozze."

"Avete visto un forestiero con un bambino?" s'informò, coi suoi scagnozzi.

"No" "Se lo vedete, avvisatemi subito."

"Sarà fatto, Don Peppino."

Intanto Carlo mise Adam a letto per farlo riposare, era molto stanco ma entusiasta per la mattinata trascorsa in giro per la città.

Si passò le dita fra i capelli. Era molto confuso.

"Adesso che cosa faccio? Aspetterò ancora un paio di giorni, poi andrò a vedere come sta la madre. Se mi renderò conto che non c'è più nulla da fare lo porterò in Palestina da suo nonno, anche se so che mi mancherà tanto."

In quel momento bussarono alla porta, distogliendolo dai suoi pensieri.

"Che succede, Salvatore?"

"Ti cerca Don Peppino, per tutta Palermo."

"E chi è, questo Don Peppino?"

"Un uomo molto potente, anche un po' pericoloso. Attento a quel che fai. Se ti fermasse non dirgli che ti ho portato io a villa Moncada."

"Perché dovrebbe chiedermi questo? Non capisco la tua preoccupazione!"

"So che c'é una grande amicizia fra di loro."

"Io voglio incontrare questa persona, voglio sapere perché mi cerca, forse ha delle notizie da darmi, dove lo posso trovare?"

"Adesso si trova in piazza, al chiosco di don Ciccio."

"Mi potresti fare una cortesia?"

"Se posso, certo."

"Potresti guardare il bambino fino al mio ritorno?"

"Sicuro, ma tieni gli occhi aperti, mi raccomando. E' un uomo noto per le sue amicizie losche."

"Stai tranquillo, farò attenzione, non mi posso permettere di fare un passo falso."

Il chioschetto, fatto tutto di legno con frutta di stagione appesa, era molto affollato.

"Desidera?"

"Un caffè, per favore."

"Arriva subito."

Di sottecchi, Carlo vide il barista chiamare un ragazzo, facendo un cenno verso il suo tavolo.

Il ragazzo si allontanò, il più veloce possibile.

Carlo sorrideva sotto i baffi. Era sicuro che da un momento all'altro si sarebbe fatto vivo il famoso don Peppino.

"Posso?" chiese un uomo distinto, dal tavolo accanto al suo.

"Ci conosciamo?"

"No... Ma mi presento subito: qui sono conosciuto come don Peppino."

"Ah, desidera qualcosa?"

"Le spiego subito perché l'ho disturbata" precisò, sedendoglisi vicino.

"So che lei ha fatto visita a delle persone che mi stanno a cuore, perché cercava il pittore."

"Si, cercavo Gitter. E' un mio amico d'infanzia, mi trovavo nei paraggi e lo volevo salutare."

"Alla ragazza non ha detto così... Poi so che c'era un'altra persona con lei."

"Mi scusi, posso sapere perché mi sta facendo il terzo grado?"

"Sono un uomo curioso di natura, quando arriva un forestiero mi piace sapere vita e passione di lui... Tutto qui. Comunque, la persona che cerca è partita, non si trova più qui a Palermo:quanto a lei, stia attento a dove mette i piedi perché potrebbe trovare una fossa."

"Grazie per l'avvertimento, terrò gli occhi aperti. E Glitter, ci penserò io a cercarlo."

"Forse mi sono spiegato male... La persona che cerchi non c'è più.

Non andare più a disturbare nessuno perché nessuno sa niente, a parte me."

"Recepito il messaggio... Grazie per la compagnia."

Carlo si alzò, girò le spalle e se ne andò, ma si sentiva seguito.

"Non mi convince questa storia, sento puzza di bruciato, c'è qualcosa che non devo sapere."

Prese vie e viuzze per depistare chi lo stava seguendo.

"Com' è andata?"

"Qualcosa non mi quadra, Salvatore."

"Quando c'è di mezzo don Peppino, nulla è pulito."

"Sì, ma non so come muovermi. Non posso mettere a rischio il bambino. Tu sei la mia alternativa."

"Ah no! Non se ne parla nemmeno! Quello mi fa uccidere! E poi, non so niente di questa storia."

"D'accordo, ti racconto tutto, così capirai la gravità della cosa."

"No, no, non voglio sapere nulla se c'è di mezzo quell'uomo."

"Devi sapere perché cerco Glitter."

E iniziò a raccontare tutto. Disse anche della lettera che aveva in tasca il bambino, per il padre.

"Povera donna!" esclamò Salvatore."Ma io, come posso aiutarti?"

"Ti devi nascondere vicino alla villa, per vedere se c'è un uomo che assomiglia alla descrizione che ti ho fatto."

"Allora tu mi vuoi morto! Quelli mi beccano subito, specialmente il loro cane! Abbaia se vede qualche estraneo, e se si avvicina lo sbrana!"

Carlo fece un gesto d'impazienza. Aveva la delusione dipinta sul viso.

Salvatore si sentì in colpa, ma la paura era troppo forte.

"Facciamo finta che accetti. Che faccio se vedo quell'uomo? Gli dico: ciao, mi conosci? Nel frattempo mi arriva una luparata in testa! Non si scherza con don Peppino, quando ti ha fatto il riferimento di stare attento alla fossa, sai cosa voleva dire? Di filare via oppure ti ammazza, ed io non ci tengo a venire al tuo funerale , e tanto meno al mio!". "Bisogna trovare il modo di fargli avere quella lettera... Perché sono convinto che lui non sia affatto partito. Oggi, quando eravamo in piazza, in una carrozza c'era la signorina della villa: ci ha visto e si è girata di scatto, facendo finta di non conoscerci. Qui qualcosa non fila come dovrebbe, hanno paura che io arrivi a lui."

"Ti stai costruendo un romanzo in testa... Forse è veramente partito, che ne sai?"

"Come? Il primo sei stato tu a dire che se c'è quel Peppino di mezzo sicuramente non c'è nulla di pulito!Facciamo così, allora: tu stai con il bambino e io mi apposto vicino alla villa... Solo così mi posso mettere il cuore in pace e rendermi conto che Glitter davvero non vive li."

"Che vuoi che ti dica... Se sei stanco di vivere, facciamo come dici."

"Ho promesso alla madre che avrei portato il bambino dal padre, ed io le promesse le mantengo! Su, elaboriamo un piano."

A villa Moncada c'era tensione nell'aria.

"Mamma, sto facendo la cosa giusta? Sto sposando un uomo a tradimento! Ad avere segreti da nascondere alla persona che ami, ci si sente sporchi."

"Teresa, stai tranquilla, il tuo segreto sarà morto e sepolto."

"Adesso sono due segreti, mamma, non più uno. Quanti ne dovrò ancora collezionare?"

"Devi pensare solo alla tua felicità. Tra meno di un mese ti sposi, i tuoi segreti saranno solo parte del passato."

"Grazie, mamma, hai sempre parole di conforto. Adesso sto meglio, vado in giardino a trovare il mio futuro sposo."

"Glitter, dove sei?" ma non ebbe nessuna risposta.

Lo vide da lontano, assorto nei suoi pensieri.

"Non sentivi che ti chiamavo?"

"Scusami, Teresa... Stavo ammirando il tramonto che si specchiava nel mare."

"Glitter, sei felice?"

"Certo! Che domande mi fai?"

Ma in cuor suo, Teresa sapeva che non era vero. Non stava ammirando il tramonto, pensava a lei...

"Finge per farmi contenta" si disse, con amarezza. "Sai, ieri il sarto mi ha detto di non dimagrire più. E' la terza volta che mi stringe i pantaloni."

"Allora cerca di mangiare di più! Le spose devono dimagrire, allo sposo non è concesso!"

La prese per mano.

"Vieni, andiamo a bagnarci i piedi sulla spiaggia."

il mare era calmissimo, sotto al rosso del sole che abbandonava il giorno.

Si sentiva solo il lieve scroscio dei loro piedi che smuovevano l'acqua.

"Scusami se ogni tanto mi vedi distante... Tu sai benissimo cosa porto dentro. Devi avere solo un po' di pazienza, ci vuole tempo per dimenticare il passato."

"Lo so, Glitter. Conosco il bagaglio che ti porti dietro, ne ero cosciente prima e lo sono adesso."

Le diede un bacio sulle labbra. Non avevano ancora avuto un rapporto sessuale, lei voleva arrivare all'altare vergine, Ma per lui non era stato un sacrificio, non si sentiva ancora pronto a stringere tra le braccia un'altra donna che non fosse Elisheva.

Carlo si sentiva seguito, per strada, e aveva paura per il bambino, così gli disse:"Da oggi mi chiamerai papà, non più Carlo."

"Allora sarai mio padre! Che bello! Adesso possiamo andare dalla mamma?"

"Ancora no... Non parlare di mamma in giro, me lo prometti?"

"Va bene, papà."

"Bravo, piccolo. Ti voglio bene, lo sai? Mi raccomando, non dimenticare quello che ti ho detto."

"Non ti preoccupare."

"Sei un bambino molto intelligente."

Ritornò in quel chioschetto, questa volta accompagnato da Adam.

"Cosa vuoi, Giovanni?"

Sapeva che era osservato da tutti.

"Posso prendere una granita, papà?"

"Certo! Porti una granita al limone per il mio bambino e un caffè ristretto per me, per favore."

"Subito" rispose il cameriere.

"Papà, posso andare vicino a quel cavallo?"

"Si... ma non ti allontanare troppo."

Guardava il bambino da lontano, non voleva perderlo d'occhio. Quando vide che gli si era avvicinato don Peppino, ebbe un attimo di panico.

"Giovanni, vieni subito qui."

"Arrivo, papà."

"Che voleva quel signore?"

"Voleva sapere come mi chiamavo."

"Quando ti si avvicina un estraneo, scappa subito, capito?" gli intimò bruscamente.

"Va bene, papà" mormorò, con gli occhi pieni di pianto.

"Scusami, mi sono spaventato quando ho visto quell' uomo vicino a te. Vieni in braccio, ti faccio il solletico come ti piace tanto."

Intanto don Peppino li guardava.

"Teresa, presa dal panico, avrà capito male... Può essere veramente un amico di Glitter, forse deve dargli qualche ambasciata da parte dei suoi genitori...

Ma chi mi garantisce tutto questo?"

"Carlo, ho saputo che tra meno di due settimane ci sarà un matrimonio, in casa Moncada. Dicono che si sposa la signorina Teresa, e che la cerimonia si svolgerà dentro alla villa"

"Interessante... Grazie Salvatore, sei un amico! E sai qualcosa del futuro sposo?"

"No, ma m'informerò, se non mi ammazzano prima!"

"Per delle informazioni? Come sei esagerato!"

"Tu fai tutto facile."

"Devo accelerare i tempi. Se è vero, come sostengono, che è partito, devo portare via il bambino. Se scoprono che è figlio di un'ebrea lo uccidono... Come vedi stanno controllando tutta la città a tappeto."

"Stasera mi nasconderò fuori dalla villa... Voglio aiutarti."

"Grazie, Salvatore, devi dare solo dare il messaggio alla persona che ti ho indicato."

Prese la lettera dalla tasca del bambino.

"Ti raccomando, non perderla, Salvatore."

"Stai tranquillo...domani ti farò sapere."

"E tu stai attento, se vedi pericolo scappa via subito...non farmi stare in pena."

"Ho visto il forestiero, non mi sembra tanto pericoloso, gli ho parlato... mi ha detto che è un amico d'infanzia del nostro futuro genero."

"E che è venuto a fare?"

"Dice che si trovava nei paraggi con suo figlio... voleva solamente salutare il suo amico. Chiamami Teresa, voglio avere conferme da lei...voglio sapere cosa le ha detto."

"Buona sera, Don Peppino."
"Buona sera a te! Come sta la futura sposina?"
"Mi sento molto nervosa... Ho tanta paura addosso."
"Per quale motivo?"
"Perché sto sposando un uomo con la menzogna! Tutto ciò non mi rende felice! Non vedo felice nemmeno lui...Che matrimonio può essere il mio?"
In quel momento sopraggiunse Rosa.
"Peppino, fuori dalla villa ti chiama uno dei tuoi uomini."
"Scusami, Teresa, torno subito."

Tornò dopo un pezzo, pallido in viso.
"Devo congedarmi da voi, ho una cosa importante da sbrigare."
"E' successo qualcosa? Ti vedo strano."
"Nulla di preoccupante, Rosa. E tu, Teresa, ti voglio vedere felice...stai sposando l'uomo che ami, non la menzogna e lui ci tiene veramente a te". La bacio sulla fronte e se ne andò.

Passarono giorni e Salvatore ancora non si faceva vivo.
"Se gli hanno fatto del male non me lo perdonerò per tutta la vita, aspetto un altro giorno, se non si vede, meglio tagliare la corda."
Non uscì di casa quel giorno... temeva che qualcuno avesse letto la lettera e il bambino non fosse più al sicuro.
"Stasera si parte, Adam."
"Mi porti dalla mia mamma?"
"Sì" e tra sé, aggiunse "sperando di trovarla viva."

Ad un tratto senti tremare forte la porta a causa di qualcuno che bussava in modo insistente. La paura lo assalì.

"Chi può essere?"

"Apri! Sono io, Salvatore!" "Meno male, sei sano e salvo! Ma, che ti e successo all'occhio?"

"Gli scagnozzi di Don Peppino mi hanno beccato, devi scappare Carlo! Ho dovuto buttare la lettera per paura che la trovassero."

"Dove l'hai buttata?"

"Nel parco della villa."

"Sei un incosciente! Se la leggessero, il bambino sarebbe in grave pericolo!"

"Mi hanno preso per un ladro... Avevo paura che mi frugassero nelle tasche!"

"Devo andare via subito! Procurami un mezzo per allontanarmi il più presto possibile."

"Mi dispiace di aver messo il bambino in questa situazione, ma non avevo altra scelta, mi do subito da fare."

"Mi raccomando, Salvatore. Se vedi il padre del bambino raccontagli tutto.

Promettimelo!"

"Sì, lo farò."

Con un' ape a tre ruote riuscirono ad allontanarsi.

Grazie agli sforzi di Salvatore, li aspettavano con un peschereccio per portarli a Lampedusa.

Mancava una settimana al matrimonio.

Glitter era molto teso.

"Faccio la cosa giusta? La sposo senza amore... Elisheva è sempre viva, nel mio cuore."

Teresa faceva l'ultima prova dell'abito.

Era di seta, con rifiniture in pizzo francese. L'allacciatura, sulla schiena, era di bottoni in madreperla. Aveva uno strascico lungo tre metri, rifinito di roselline color rosa antico.

Un diadema di famiglia, di preziosi cristalli, con il movimento della nuca si illuminava di mille colori.

"Quanto sei bella, figlia mia! Ma il tuo faccino lo vedo troppo triste.. Lo sai? Zia Caterina si è prestata ad accompagnare Glitter all'altare."

"Strano, lei non è una donna che socializza subito" si stupì Teresa.

"Sarà perché non ha figli... Vorrà provare questa esperienza."

"Mamma, posso farti una domanda? Ma mi devi rispondere sinceramente."

"Dimmi."

"Tu hai segreti che papà non sa?"

Quella domanda fu un fulmine a ciel sereno.

"Adesso che cosa le rispondo? Che ho nascosto al padre che non è figlia sua?" s'interrogò. Si fece coraggio e rispose: "Figlia mia, la maggior parte delle donne nasconde un segreto."

"Mi dici il tuo? Se ne hai uno, ovviamente..."

"Chi se lo ricorda più? Era nei primi tempi del matrimonio, sicuramente qualcosa di banale. Ma adesso togliti l'abito, che si sgualcisce" si affrettò a concludere, per mettere fine all'imbarazzante interrogatorio.

Si sentiva le guance in fiamme.

"Sì, hai ragione, devo pensare al mio matrimonio. Mamma, fammi preparare la vasca da bagno, così mi scrollo di dosso tutti i pensieri negativi . E poi, prenderò il tè in giardino!" annunciò, con un sorriso un po' tirato.

C'era un aria fredda, in mezzo al mare.

Carlo guardava Adam che dormiva, con la testa appoggiata sulle sue gambe.

"Che futuro avrà adesso questo bambino... Ho fallito nella mia impresa."

Finalmente toccarono terra, e iniziarono il cammino. Presto videro in lontananza il casolare.

"Speriamo che Elisheva sia viva, che almeno il bambino non debba soffrire per la perdita della madre."

Bussò ripetutamente ma non ebbe nessuna risposta...Così si decise a dare un forte spintone alla porta. La casa appariva disabitata.

"Dov'è la mia mamma? Speravo di trovarla qua" piagnucolò.

"Anch'io, Adam... Ma che fine hanno fatto?"

Perlustrò la casa da cima a fondo, e anche la campagna intorno. Alla fine dovette arrendersi: non c'era nessuno.

"Cosa sarà successo? Perché non ci sono più? Speriamo che i militari tedeschi non li abbiano presi, qualcuno potrebbe aver fatto la spia. Chi poteva sapere che qui che c'era nascosta un'ebrea? Chi poteva saperlo all'infuori di me e dei miei amici... Salvatore! No, non può aver fatto una cosa del genere... E adesso?"

Andava avanti e indietro per la stanza, pensando ad alta voce. Poi, si rivolse al bambino.

"Ascoltami bene, Adam. Ti devo riportare da tuo nonno, in Palestina, devo risolvere alcune cose in sospese e con te mi viene molto difficile muovermi. Ma ti prometto che ti verrò a trovare al più presto."

"Voglio stare con te! Adesso tu sei il mio papà" protestò il bambino con le lacrime agli occhi.

Quella frase disarmò Carlo, che sentì mancargli il respiro.

"Ascoltami, anch'io ti voglio bene come a un figlio... Non piangere. Quando tornerò staremo un po' insieme, vedrai..."

Lo prese in braccio e lo strinse forte, in preda alla commozione.

"Adesso andiamo. Ci aspetta un lungo viaggio."

Il peschereccio era ancora nel porticciolo di Lampedusa.

Gli uomini che li avevano portati lì si offrirono di accompagnarli in Palestina.

"Come mai tutto questo interesse ad aspettarci?" si interrogò Carlo.

Salirono, ma non si dava pace.

"Salvatore non può avere tutto questo potere... Solo una persona con agganci importanti potrebbe avere organizzato il viaggio. Perché non ci ho pensato prima, che poteva esserci sotto un tranello! Sono stato uno stupido!"

Rimorsi d'inganni e amore

"Teresa, c'è il fioraio. Vuole sapere che fiori deve mettere nella cappella."

"Sono indecisa, mamma... Dammi un consiglio tu."

"Io metterei delle rose, con qualche orchidea sparsa. Chiedi anche al tuo futuro marito, lui è molto creativo."

"Si, hai ragione. Almeno lo coinvolgo nei preparativi delle nozze..." Poi cambiò espressione, e tono di voce e sussurrò: "Mamma, ascoltami: prima di sposarmi ti voglio confessare una cosa."

"Dimmi, Teresa."

"So tutto di te e di don Peppino."

"Di cosa parli?"

"Mamma, basta con le bugie! Non puoi tenermelo ancora nascosto!"

"Chi te l'ha detto?"

"Ho ascoltato una vostra conversazione animata, aspettavo che me lo dicessi tu.

ma vedo che tiri ancora la corda."

"Perdonami... Non volevo farti soffrire! E' stato uno sbaglio di gioventù."

"Come hai potuto sposare un altro uomo che non era mio padre... e vivere con lui con l'inganno?"

"Perché volevo darti un futuro e con il tuo vero padre... futuro non ne vedevo. Amava troppo la sua libertà, le donne e i suoi giri loschi. Quando ho scoperto che ero incinta ero nel panico assoluto, non sapevo cosa fare. Avevo pensato di fare un aborto clandestino... ma già ti amavo... Quasi subito conobbi un uomo distinto, di buona famiglia. Sapevo che con lui non ti sarebbe mancato nulla... Così lo sposai."

"Come hai fatto a nascondergli la gravidanza?"

"Ero incinta di tre settimane, nessuno se ne sarebbe accorto. Così, quando sei nata, tutti pensarono che eri prematura, di otto mesi. Mi vuoi condannare perché ho voluto darti una vita più serena?"

"Mamma, forse non ti rendi conto della gravità della cosa. Ho chiamato per vent'anni un uomo Papà poi vengo a scoprire che non è il mio vero padre... Dovrei ringraziarti per questo?"

"Sì, mi devi ringraziare! Perché l'ho fatto per il tuo bene... Se hai una vita degna di questa nome è per merito mio! Se avessi sposato Peppino non avresti nulla perché nella sua gioventù era un vizioso e nella vecchiaia non è cambiato, anzi lo vedo peggiorato, con i suo intrallazzi."

"Sono senza parole, mamma... Quello che hai fatto non lo vedo tanto pulito... anche tu ti sei prestata agli intrallazzi e lo state facendo fare anche a me con Glitter, come se fosse una tara ereditaria!"

"Non ti permetto di parlarmi così!!" "Non voglio vivere con questi rimorsi, io! Non ho il fegato che hai tu!"

"Che vuoi fare?"

"Dire tutto a Glitter... Ho una cosa per lui."

"Tu sei pazza, non te lo permetterò!"

"Io non voglio sposarmi più."

"Lo perderai per sempre se scopre la verità."

"Lo so...ma almeno vivrò con la coscienza pulita... Quella che non avete voi!" Rosa le diede uno schiaffo che le prese tutta la guancia.

"Adesso vado a chiamare Peppino, vediamo se almeno lui ti fa ragionare."

"Se me lo impedite dico tutto a papà! Gli rivelerò che l'hai sposato con l'inganno."

"Non osare!" Uscì violentemente dalla stanza, chiamando la servitù.

"Andate a cercare urgentemente don Peppino, ditegli che gli devo parlare subito" ordinò, fuori di sé.

"Che succede Rosa?" s'informò Don Peppino, appena arrivò a Villa Moncada, trafelato.

"Teresa ha saputo tutto di noi... ha perso la ragione, non riesco a calmarla."

"Come ha fatto? Nessuno sapeva, all'infuori di noi."

"Ha origliato dietro alla porta quando ti sei sfogato con me, quando hai interrogato la tua coscienza... E adesso, non solo mi odia, ma non vuole più sposarsi, per non ripetere i nostri stessi sbagli, Non vuole un uomo con la menzogna!"

"Non puoi incolparmi di tutto, Rosa! Di che coscienza parli? Se mi avessi ascoltato, ora non saremo a questo punto!"

"Che faccia tosta! Hai forse dimenticato come ti comportavi nei miei confronti? Eri solo un uomo egoista, egocentrico! Hai sempre pensato solo a te stesso..."

"Non farmi ridere! Io, eh? E tu no? Amavi il benessere, le cose materiali, i gioielli, i bei vestiti. Per fare la signora avresti tradito il tuo stesso sangue!"

"Sei un bastardo! Sai benissimo che se rimanevo con te avresti messo a rischio me e tua figlia, mi tradivi in continuazione, con tutte!Bastava respirassero, e per te andavano bene! Avevi la nomina di ruffiano...Questo volevi offrire a tua figlia?"

"Faccio finta di non aver sentito quella parola... perché se no ti prendo a schiaffi! E non ti permettere più di chiamarmi bastardo! Adesso fammi andare da mia figlia, Rosa, non voglio perdere più fiato con te perché non meriti il mio rispetto. Sono più di vent'anni che mi fai soffrire! Ho fatto una vita da cani...

Non mi sono mai mancati i soldi, ma il tuo amore, sì! Impazzivo, pensando che aprivi le cosce ad un altro, solo per la smania di avere un bel posto in società, e hai la sfacciataggine di chiamarmi egocentrico? Fatti un esame di coscienza, cara la mia signora Moncada!"

"Posso?", si annunciò Don Peppino, bussando alla porta della camera di Teresa.

"Si, entra pure" lo invitò lei, con la voce rotta e il viso devastato dalle lacrime e dalla rabbia.

"Ciao Teresa, tua madre mi ha raccontato tutto, ma prima di insultarmi, permettimi di portarti in un posto."

La ragazza annuì, e lo segui in silenzio. Salì nella carrozza, e continuò a tacere, evitando il suo sguardo.

Attraversarono lunghi viali alberati. A tratti si sentiva un profumo di mandorlo in fiore.

"Posso sapere dove mi stai portando?" sbottò infine. "Non mi sono familiari queste strade."

"Fuori Palermo. Voglio farti vedere dove ho trascorso l'infanzia e ho conosciuto tua madre. Se vuoi sapere tutto, devo cominciare dal principio a raccontarti la nostra storia."

"Perché, tutto questo? Ormai le cose più importanti le so, e mi bastano."

"Non è vero, non le sai, le cose più importanti! Non ho idea di cosa ti abbia raccontato tua madre su di me, e trovo corretto che tu sappia per filo e per segno tutto ciò che appartiene al passato". Si fermarono in un quartiere di Trabbia.

"Scendi, Teresa. Ecco, io abitavo qua. Certo non era il massimo, ma ci vivevo felice fino a quando non morì mia madre e dopo alcuni mesi mio padre. Avevo solo otto anni e mia sorella dieci. Avevo promesso a mio padre che non le avrei fatto mancare niente, così mi rimboccai le maniche e mi misi a lavorare.

Mi pagavano col mangiare, andavo a pascolare le pecore e mi regalavano una formetta di formaggio, ma soldi non ne vedevo, così a undici anni mi capitò di conoscere gente più grande di me. Avevano certi giri, ma anche i soldi in tasca...

Un giorno mi chiesero di far parte della loro "banda", andando a chiedere il pizzo ai contadini, o a chi aveva una attività. Mi sottoposero anche a una prova di coraggio, costringendomi ad ammazzare delle pecore perché il fattore non voleva pagare. Passavano gli anni ed io salivo di "grado", finché mi sono messo per conto mio, a capo di altri ragazzi, come ero io prima.

Gli affari andavano bene, tanto che acquistai una casa a Palermo. Ma prima di trasferirmi conobbi tua madre... Era la sorella di uno che lavorava per me. M'innamorai subito di lei, appena la vidi. Era un bel pezzo di ragazza, ma anche una ribelle, come carattere. Poi diventò ottima amica di mia sorella e nei fine settimana ci veniva a trovare a Palermo... Così nacque un amore fra di noi.

Dopo alcuni mesi mesi rimase incinta di te, e si disperò, perché non era d'accordo sulla vita che conducevo. Certo, non potevo darle torto, ma ormai mi era impossibile uscire più dal giro. La mia cerchia di amicizia era fatta da gente potente, dove non si parlava più pizzo ma di affari più complessi. Un giorno, lei conobbe tuo "padre"... Sapeva che con lui avresti avuto un futuro migliore, i suoi soldi erano onesti e i miei sporchi di sangue...Io non la fermai.

Forse, egoisticamente volevo essere libero. Ma poi passarono gli anni e mi pentii amaramente di avervi lasciate andar via, così feci un accordo con tua madre che mi permettesse di starti vicino. Ecco, adesso sai tutto."

Teresa non seppe dire una parola.

Solo durante il viaggio del ritorno, sbottò: "Pensi che io possa sposare un uomo con la menzogna? Come ha fatto la mamma? Non voglio essere come voi! Se devo vivere una favola d'amore deve essere pura, senza spettri nell'armadio, perché mi sentirei infelice per tutta la vita!Soprattutto adesso,che ho scoperto l'esistenza di un figlio!"

"Come, un figlio?"

"Il giardiniere ha trovato una lettera all'interno della villa, non so come sia arrivata li, forse il forestiero... Era un messaggio d'amore. Chi l'ha scritto sembrava soffrisse come se fosse in punto di morte... E lì, diceva che c'era di mezzo un figlio! Che brutta cosa che ho fatto!" si disperò Teresa, scoppiando a piangere.

"Tu non c'entri nulla, la colpa è solo mia, io ti ho messa in questi pasticci ed io ti tirerò fuori."

"E come? Che fine hanno fatto? Dove li hai portati?"

"So con chi andare a parlare... Lui saprà dirmi di più del forestiero con il bambino, ma mi devi promettere che non dirai nulla a Glitter."

"Ancora menzogne? Io non mi voglio più sposare con lui ".

"Calmati, prima fammi capire cosa è successo realmente poi tiriamo le somme."

In quel momento arrivarono alla villa, dove lui si congedò subito.

"Salvatore, ti aspetta Don Peppino in piazza."

"Che vuole da me?"

"Ti vuole parlare."

"Io un sacciu nenti."

"Amunì moviti."

Salvatore pregava tutti i santi ... Aveva molta paura di Don Peppino.

"Sambenerica, don Peppino cosa pozzu fari pi bossia?"

"Ho saputo che hai conosciuto il forestiero con il bambino... Mi sapresti dire qualcosa di loro? Chi era quel bambino?"

"Per quanto sappia, io lui diceva che era suo figlio."

"Non lo so... Ti devo credere? Che ci facevi di notte a villa Moncada, giorni fa? Tu sai ca ma rabbiu si mi sentu pigghiari pi fissa! Ti riformulo la domanda: chi era il bambino con il forestiero? Pensaci bene prima di rispondermi!"

Salvatore cadde in preda al panico. Sapeva cosa lo aspettava se non avesse detto la verità, ma nemmeno voleva tradire Carlo. Poi pensò che era così lontano, con il bambino, che non aveva nulla da temere.

"Voglio parrai sulu cu vossia... senza i so omini intorno."

Don Peppino fece cenno con il capo ai suoi scagnozzi, per farli allontanare.

Salvatore gli raccontò tutto, anche della sera in cui era entrato nel giardino della villa e lo avevano scambiato per un ladro.

"Allora l'avevi tu, la lettera della donna?"

"Sì, don Peppino. Dovevo darla a Glitter, se lo avessi trovato, ma i suoi uomini mi hanno beccato, così ho buttato la lettera all'interno della villa."

"Mi potresti dire dove sono adesso?"

"Se avessero trovato la madre del bambino morta... Carlo lo avrebbe portato da suo nonno, in Palestina."

Don Peppino lo guardò fisso negli occhi, poi accennò un sorriso e si alzò.

Prima di andare, mise una lira sul tavolino del chiosco.

"Prenditi qualcosa da bere."

"Grazie, don Peppino."

Dopo essersi congedato da Salvatore, seguì il suo impulso di cattolico praticante, nonostante tutto, e si recò in chiesa, dal suo confessore, Padre Luciano.

"Ora che faccio? Che cosa dico a Teresa? La verità? In che brutta situazione l'ho messa!"

"Peppino, possibile che tu non capisca? Non si compra la felicità di una figlia con i soldi e con le menzogne! Per una volta sii onesto con te stesso e con gli altri, pensa a cosa sta passando quel povero bambino... Tu lo sai benissimo cosa vuol dire crescere senza genitori."

"Come faccio adesso?" "Parla con il ragazzo, digli che sei pentito, aiutalo a trovare la sua famiglia, so che hai un cuore grande ma è stato sempre nascosto dalle amarezze che la vita ti ha dato. Addolciscilo, facendo del bene... Poi goditi tua figlia, fin che puoi!"

"Quanti sbagli... Quante persone ho fatto soffrire, non mi merito di stare su questa terra!"

"Riscattati facendo del bene, Peppino. Restituisci serenità alla tua anima che vaga nel nulla."

Uscito dalla chiesa, gravato da mille pensieri, non prese la carrozza. Preferì incamminarsi a piedi fino alla villa, voleva respirare. Dopo aver riflettuto e preso le sue decisioni, l'aria gli sembrava meno pesante e i suoi passi erano veloci e decisi.

"Allora hai saputo qualcosa?" gli chiese subito Teresa, appena lo vide arrivare.

"Sì. Il bambino che avevi visto era il figlio di Glitter. Sua madre raccomandò al forestiero di portarlo dal padre, perché lei stava male e non aveva le forze per proseguire fino a qui. Così l'hanno lasciata in un casolare, a Lampedusa, affidata alle cure di una coppia anziana."

"Siamo assassini... Assassini! Non me lo perdonerò mai... E adesso, cosa facciamo? Tu sei stato la mente di tutto, rendendo infelici tante persone ed io, che ho acconsentito, mi faccio schifo."

"Parlerò io con lui, facendo finta che tu non ne sapessi nulla. Dirò che ho architettato tutto io, così se la madre del bambino è morta, lui potrà sposare te e tenersi il figlio."

"La tua mente è veramente contorta! Pensi che lui mi sposerà, sapendo tutto quello che successo? E io dovrei far finta per tutta la vita che non ne sapessi nulla? Come potrei guardare negli occhi quel bambino, sapendo che sono la traditrice di sua madre, e la responsabile della sua morte? No, non posso più tacere! Gli parlerò, gli darò la lettera, prendendomi tutta la responsabilità."

"No, Teresa ... Non puoi sapere come può reagire."

"Basta! Adesso devo prendere in mano le redini della mia vita, senza te e la mamma."

"D'accordo, se è quello che vuoi, non posso impedirtelo. Ti chiedo solo una cosa: quando gli parli non ti allontanare dalla villa."

"Non me lo devi dire tu dove e quando!"

"Io sono tuo padre, che tu lo voglia o no... E posso decidere ancora su di te!"

"No, ti sbaglia! Tu non sei nessuno per me! L'unico padre che ho è quello chi mi ha cresciuta. E adesso, se vuoi scusarmi, vado da Glitter."

Stravolta dalla grande emozionata, m animata da una grande determinazione, Teresa corse a cercare l'uomo che non sarebbe più diventato suo marito... Ma lo amava troppo per continuare quella tragica recita.

"Posso entrare?" mormorò, dopo aver bussato alla porta socchiusa della sua camera.

"Certo, Teresa."

"Ho qualcosa per te."

"Perché sei così pallida? Stai bene? Non voglio che la mia futura moglie si prenda un malanno..."cercò di sorridere lui per calmarla, vedendola così agitata.

"Tieni."

"Una lettera?"

"Leggila, per favore."

Glitter si sedette e iniziò a leggere. D'un tratto il suo viso diventò livido, come senza vita.

"Come mai hai questa lettera, chi te la data?" riuscì infine a balbettare. "Teresa? Rispondi, per carità!"

Teresa si lasciò cadere accanto a lui e iniziò a piangere.

Glitter era sempre più in preda all'angoscia. Sentiva che il cuore gli stava balzando fuori dal petto.

"Teresa, dimmi la verità, voglio sapere cosa è successo, perché hai questa lettera... Chi te la consegnata?"

"Quando ti conobbi, mi innamorai subito perdutamente... Così mi confidai con mia madre... E mia madre si confidò con don Peppino. Solo pochi giorni fa ho scoperto che è mio padre! A loro piacevi come ragazzo, erano contenti che fossi interessata a te.

Ma un giorno don Peppino ci fece visita, raccontandoci che la tua fidanzata era in pericolo, che i tedeschi la volevano arrestare con la sua famiglia, e avevano deciso di scappare. E tu volevi andare con lei ! Apprendere questa notizia mi fece star male.

Mi misi a piangere, disperata al pensiero di non poterti vedere più. Così don Peppino disse: se tu vuoi, Teresa ci può essere un modo per non far partire Glitter. In quel momento, egoisticamente, accettai.

Poi seppi che don Peppino aveva mandato i suoi scagnozzi a prelevare la ragazza con tutta la famiglia."

Detto questo, tutto d'un fiato, per non perdere il coraggio, Teresa riprese a piangere silenziosamente.

Glitter era balzato in piedi, furibondo, come se la sua sola vicinanza gli bruciasse la pelle.

"Dimmi cosa le hanno fatto? Dimmelo! Mi hai ingannato! Sei una lurida bugiarda, come hai potuto?" gridò, scrollandola per le spalle.

"Non lo so dove li hanno portati... Non lo so, te lo giuro!" singhiozzò lei.

Lui parve calmarsi e continuò, con la voce più pacata: "Dimmi della lettera... Chi te l'ha data?"

"Una settimana fa si presentò alla villa un uomo con un bambino. Voleva parlare con te urgentemente, ma io gli dissi che erano mesi che non ti vedevo. Perdonami... perdonami!" lo implorò, scivolando in ginocchio ai suoi piedi, ma lui le allontanò le mani, che cercavano convulsamente le sue.

"Hai mandato via mio figlio!" gridò, fuori di sé. "E mi hai tenuto tutto nascosto! Non ti credevo così vile! Voglio parlare con Don Peppino. Se so che i suoi scagnozzi hanno sfiorato un solo capello alla donna che amo, giuro che mi vendicherò! Siete una massa di assassini e tu sei la più spregevole donna che io abbia mai conosciuto!"

"Hai ragione, Glitter, non me lo potrò mai perdonare... Ma tu...almeno tu... perdonami se puoi."

Accasciata a terra, la testa tra le mani, piangeva disperatamente, schiacciata dalla vergogna.

"Non perdono un giuda! Non perdono chi mi ha tolto la felicità!" Tutto ad un tratto la porta si spalancò con violenza.

"Adesso basta! Teresa non c'entra nulla, la colpa è solo mia! Volevo regalare un po' di felicità a mia figlia...."

"Voglio sapere dove li hanno portati, i tuoi scagnozzi! In quali mani luride li hanno consegnati!" lo aggredì Glitter, sconvolto dalla rabbia.

"Li abbiamo portati al sicuro in Palestina, senza far loro alcun male...."

"Il significato del male tu non lo conosci perché nella tua schifosa vita ne hai fatto sempre, a tutti! Non ti rispettano perché ti stimano ma soltanto per paura! Non voglio stare neanche un minuto in più in questa casa, grazie per il ben servito signorina Teresa!"

Come una furia, Glitter raccolse alla bell'e meglio le sue cose e se ne andò da villa Moncada.

Deciso a raggiungere ad ogni costo Elisheva e suo figlio, andò in piazza e si sedette al chioschetto per mangiare qualcosa prima di partire.

"Tu sei il famoso Glitter?" lo apostrofò uno sconosciuto.

"Come fai a sapere il mio nome? Chi sei?"

Salvatore si pentì subito di avergli rivolto la parola, per il timore che lo vedessero gli scagnozzi di don Peppino.

"Nulla, mi scusi se l'ho importunata, ma ho visto dei suoi quadri con la sua firma...tutto qui."

"Sì, ma nei mie quadri non c'è la mia faccia, comunque lasciamo perdere, ho altro nella testa. Piuttosto, dimmi: per caso conosci qualcuno che affitta qualche mezzo di trasporto?"

"Per dove?"

"Palestina."

"Allora sa tutto ecco perché vuole partire" rifletté Salvatore. "Cerchi tuo figlio,vero?"

"Tu come fai a saperlo?"

"L'ho conosciuto. E' stato un po' di giorni a casa mia con Carlo, l'uomo incaricato di ritrovarti."

Salvatore gli raccontò tutto.

Gli disse anche quanto fosse intelligente Adam e quanto soffrisse per la madre.

"Piangeva spesso?"

"No!"

"Non so come fare, se andare in quel casolare oppure in Palestina..."

"Carlo mi disse di voler portare il bambino in Palestina perché sicuramente la madre era morta. Quando l'aveva lasciata al casolare era molto mal ridotta...Mi spiace..."

"Povero amore mio, chissà quanto avrà sofferto!"

"Comunque ho amici al porto, posso raccomandarti per farti portare fino da loro."

"Grazie tante per quello che stai facendo e per quello che hai fatto per mio figlio."

Il porto era affollato. Le reti erano piene di pesci che ancora saltavano e i compratori si accalcavano, negoziando con i rivenditori.

Glitter era avvolto di tale tristezza che non vedeva nemmeno quello che lo circondava.

"Perché mi sono fidato di loro? Con la mia stupidità ho perso tutto, adesso non so cosa mi aspetta e quanto dovrò patire ancora!" Trovò il passaggio come gli aveva promesso Salvatore.

Si dovette nascondere bene perché i Tedeschi controllavano con molta attenzione. Non era solo, c'era anche una famiglia ebrea che stava scappando.

"Da dove venite?" chiese Glitter.

"Da Termini, siamo stati nascosti quasi un anno all'interno di una grotta, ma adesso non siamo più sicuri nemmeno lì."

"Io sto andando a prendere mio figlio... se sono fortunato anche la madre."

"Perché fortunato?"

"Una lunga e triste storia."

La donna lo guardò comprensiva e soggiunse: "Io sono rimasta nascosta, da sola, con i miei cinque figli. Abbiamo patito la fame, ogni tanto veniva qualcuno a portarci del cibo...poi, con i controlli più assidui non venne più nessuno per paura di essere fucilati. Mio marito è morto giorni fa, per la tubercolosi, ma non dica niente per favore se sanno una cosa del genere ci fanno scendere dalla barca, ho la bambina che sta male"

"Non dirò nulla stia tranquilla, quanta sofferenza stanno seminando, quante famiglie distrutte... Se avete fame ho da mangiare."

"Grazie, ci hanno dato un pezzo di pane."

"La bambina che disturbi ha?"

"Febbre alta...Non so se vivrà a lungo."

"Non dica così... vedrà che c'è la farà"

"E' troppo piccola per sopportare tutto questo."

Glitter nel guardare la bambina si disse: "Certo non ha una bella cera, povera donna, chissà quanto avrà sopportato."

"Come si chiama sua moglie ? E' da tanto che non la vede?"

"Elisheva. Sono quattro anni che non la vedo."

"Sono troppi per una coppia sposata."

"Non conosco neanche mio figlio, il destino è stato cattivo con me."

"Come, non conosce suo figlio?"

Glitter le raccontò tutta la storia, con le lacrime che gli scendevano silenziosamente fino alle labbra.

"Eppure, adesso che mi ricordo... Mio marito era in Palestina, poi partì per venirmi a prendere, mi raccontò del suo viaggio e fece riferimento a una donna molto ammalata con un bambino. Anzi, era convinto che la malattia gliel'avesse trasmessa lei... perché la teneva in braccio quando si stancava."

"Dio mio ! Allora è vero che stava per morire!"

La barca scivolava silenziosa, ma ogni tanto si sentiva un lamento.

"La bambina sta male!"

"Sì, scotta tanto. Ci vogliono panni freddi per abbassare la febbre."

"Ho paura, se sanno che mia figlia sta male sono guai, perché sono a conoscenza della morte di mio marito."

"Ma non possiamo lasciarla così! Rischia di morire!"

"Lo so, ma devo salvaguardare anche i suoi fratelli".

"Ma ha solo due anni ...non possiamo lasciarla andare via così!"

"Purtroppo non vedo alternative, spero solo che resista fino a quando tocchiamo terra."

Glitter non concepiva la freddezza di quella donna verso la sua bambina, sembrava rassegnata a doverla perdere.

Non riuscì a dormire tutta la notte.

Pensava a suo figlio, a Elisheva e quella bambina sospesa tra la vita e la morte.

"Come sta?"

"Stabile."

"Le bagni le labbra."

"Grazie per l'interessamento nei nostri confronti."

"Di nulla.Spero solo che la bambina non peggiori ...perché il viaggio è lungo."

"Siamo nelle mani del Signore."

C'era un po' di marea al largo e la barca prendeva acqua.

"La tengo io, la bambina... Badi agli altri suoi figli, con quest'acqua che entra si possono ammalare anche loro."

Trascorsero tre giorni in mare. Se tutto andava bene l'indomani in serata sarebbero arrivati a destinazione.

"Ma prende freddo, senza giacca!"

"La bambina sta più calda... vedo che sta riprendendo colore."

"Sono giorni che la tiene in braccio, mi dispiace darle tutto questo disturbo."

"Non è un disturbo, se posso salvare una piccola vita umana."

Quando finalmente toccarono terra e scesero dalla imbarcazione, Glitter s'inumidì il labbro superiore con la punta della lingua, mentre il cielo si schiariva. Provava una profonda sensazione di sollievo.

"Grazie di tutto! Che Dio la benedica per ciò che ha fatto per noi."

"E' stato un piacere tenere il suo angioletto in braccio, quello che non ho potuto fare con mio figlio..."

Camminava fra la folla. Sembravano tutti anime perse, sagome pelle e ossa dai visi segnati e gli sguardi tristi. Gli si avvicinavano in cerca di cibo o per provare a vendergli i propri abiti.

"Adesso come faccio a trovarli? Che stupido, potevo chiedere a quella donna dove era accampato suo marito, forse lei è diretta lì!"

Fortunatamente, dopo un' ora di vane ricerche, riconobbe la donna, tra la gente..

"Meno male! Cercavo proprio lei, mi sa indicare dove era accampato suo marito?Così forse avrei una traccia per ritrovare la mia famiglia."

"Certo ...mi segua pure."

"La ringrazio, mi dia la bambina, ha troppi bagagli."

Proseguiva in silenzio, e il suo tormento cresceva, con la paura di non rivedere viva Elisheva.

"Lo so che ti prego poco, mio Dio, ma sai anche quanto ho patito in questi anni., Non abbandonarmi proprio adesso, dammi la forza di sopportare qualunque cosa succeda."

"Stiamo arrivando, spero che le indicazioni di mio marito siano giuste."

"Lo spero anch'io, sono stanco, anche emotivamente, l'attesa mi sta uccidendo."

"Vedrà si risolverà tutto... basta avere fede."

"Vorrei avere un po' della sua forza."

"La forza viene quando devi lottare contro il nemico, che è soprattutto la cattiveria degli uomini, e con la morte a fianco."

"Cosa faceva suo marito nella vita?"

"Io e mio marito eravamo insegnanti, da un giorno all'altro la nostra vita è cambiata. Da allora siamo stati costretti a fuggire, come ladri che rubano la libertà ".

"Posso sapere il suo nome, abbiamo fatto un viaggio lungo senza nemmeno dircelo."

"Edda, e lei?"

"Glitter."

"Non si angosci ancora prima di arrivare, la vita può riservare anche delle belle sorprese."

"Mi sento in colpa. Ingenuamente mi sono fidato di gente che mi sembrava amica, invece avevo fatto il patto col diavolo."

"Ormai non può tornare più indietro, adesso deve affrontare il presente con tutte le sue conseguenze, si deve rimboccare le maniche e prendere in mano la sua vita. E se non troverà la sua donna dovrà dare il coraggio a suo figlio... Deve dimenticare il passato e tirar fuori la grinta!"

"Grazie per questa lezione di vita."

"Non ringraziarmi, siamo tutti sulla stessa barca."

I loro passi si facevano più veloci in quelle strade polverose, le narici bruciavano per la secchezza, la fame si faceva sentire, attraverso i figli di Edda.

Fortunatamente Glitter aveva portato con sé un po' di provviste così poté offrire loro un pezzo di pane con formaggio... I bambini lo ringraziarono a bocca piena, strappandogli un sorriso per la loro ingenuità.

"Mi sa che siamo arrivati" annunciò infine la donna.

"Adesso non so dove cominciare per cercarli."

"Basta chiedere, qualcuno certamente potrà indicarti dove trovarli."

Guardando un gruppo di bambini che giocavano, pensò ad alta voce: "Chissà se mezzo a loro c'è mio figlio..."

"Questo è un bel dilemma, Glitter. Comunque, in questi casi bisogna fare le cose con calma senza farsi prendere dal panico, vedrai che entro un paio d'ore avrai il quadro completo."

"Grazie per il coraggio che mi dai, ho i nervi a pezzi per paura di non trovare più nessuno, il destino mi aveva dato una possibilità ed io l'ho bruciata."

"Possiamo riprenderlo, il destino. Ricondurlo a noi."

"Buona fortuna e grazie di tutto!"

"Buona fortuna a te, e non perdere mai la speranza."

Mentre vagava senza meta per le strade, all'improvviso si sentì chiamare da lontano.

"Glitter, Glitter!"

Lui si girò di scatto guardando in giro. Poi, vide un uomo. Era il padre di Elisheva, ma talmente dimagrito che non l'avrebbe riconosciuto, se non l'avesse chiamato.

Si abbracciarono calorosamente, con occhi pieni di pianto.

"Dove sono Elisheva e mio figlio?"

Il viso di Dònall si fece cupo.

"Adam sta bene... Ma per quanto riguarda mia figlia, non ho più notizie."

"Che vuol dire che non ha più notizie?"

"Quando sono andati in quella cascina a cercarla, non hanno trovato più traccia né di lei né di quelli che l'hanno ospitata. Carlo, quello che è venuto a cercarti, pensa che qualcuno abbia fatto la spia. Adesso vieni, ti porto da tuo figlio."

"Chi può essere stato a fare una cattiveria del genere?"

"Pensiamo a quelli che ti hanno tenuto all'oscuro di tutto."

Mentre andavano verso casa, Dònall gli raccontò tutto, sia del rapimento sia di quella notte e di come si fosse ammalata Elisheva.

"Tutti i santi giorni ti aspettava per ore, anche sotto la pioggia, tu la conosci bene, quando si mette in testa una cosa, nessuno può contraddirla."

"Ma adesso, dove la cerchiamo?"

"Se l'hanno presa i tedeschi non c'è nulla da fare, purtroppo. Comunque, Carlo ha detto che avrebbe cercato di capire meglio cosa è successo in quella cascina."

Ma la conversazione fu interrotta da una voce infantile.

"Nonno ...nonno".

Glitter rimase impietrito, nel vedere suo figlio... Era l'immagine scolpita della madre.

"Adam, questo è tuo padre."

Il bambino guardò Glitter con un filo di amarezza negli occhi.

"Ti siamo venuti a cercare, io e Carlo, ma tu non volevi conoscermi."

Glitter si inginocchiò per guardare negli occhi il figlio.

"Non sapevo della tua esistenza... Come puoi pensare una cosa del genere?". E stringendolo forte a sé, gli assicurò: "Recupererò tutti gli anni che ho perso senza averti vicino..."

"Non te ne andrai ancora, vero?"

"No, rimango qui con te, non ti lascerò mai più, te lo prometto."

"Ci manca solo la mamma..." mormorò con la voce sottile, incrinata dal pianto.

"Vedrai, amore mio si risolverà tutto."

I giorni passavano e Glitter si dedicava completamente al figlio. Facevano lunghe passeggiate insieme.

Adam lo portò a vedere dove Elisheva lo aspettava.

"Ecco papà, si sedeva in questo punto, la mamma. E guardava il mare, sperando di vederti arrivare, prima o poi."

"Come ho potuto permettere tutto questo! Se non avessi cercato aiuto,forse a quest'ora sarei con lei... Se penso a quanto deve avere sofferto, non mi perdono. E ora, non so nemmeno se la rivedrò... Ma non mi arrendo, non voglio pensare che sia morta!"

"Papà, stai pensando alla mamma?"

"Sì."

"Sai, tutte le volte tornava a casa piangendo perché tu non ti facevi vivo e sgridava il nonno."

"Noi grandi facciamo troppi sbagli e poi ne paghiamo le conseguenze..."

Palermo

Don Peppino se ne stava seduto al solito chioschetto, assorto nei suoi pensieri.

Non si dava pace per aver reso infelice la figlia. Si era bruciato ogni possibilità di farsi amare, e perdonare, perché Teresa non voleva più vederlo.

"Buongiorno, don Peppino."

Una voce familiare alle spalle lo fece sobbalzare.

"Lei che ci fa qui?"

"Dovevo sbrigare certe commissioni" rispose Carlo.

"Se sei tornato per cercare il tuo amico, è andato via."

Carlo, a quelle parole, rabbrividì.

"Le posso offrire da bere? Si sieda" invitò don Peppino.

"Certo, un caffè, grazie."

Carlo lo osservò di sottecchi e notò che era molto provato, perfino più umile nel porsi.

"Glitter è tornato dalla sua famiglia. Ma, ora che non può più nuocergli, mi dica la verità: quel bambino era suo figlio, vero?"

"Sì, l'ho riportato in Palestina, dal nonno."

"E la madre?"

"Non sappiamo che fine abbia fatto."

"In che senso non sapete che fine abbia fatto? Si spieghi meglio, cortesemente...."

"Quando li ho incontrati, madre e figlio erano diretti a Palermo ma lei stava molto male. Così siamo stati costretti a lasciarla in una cascina, dove abitavano due anziani contadini.

Quando sono andato per riprenderla, non c'era più traccia di loro. Sinceramente pensavo che lei ne sapesse qualcosa" insinuò, guardandolo fisso negli occhi.

S'interruppe per accendersi una sigaretta, aspettando una risposta.

"Pper chi mi ha preso? Per uno che fa la spia? E poi non sapevo nulla di questa cascina!"si ribellò don Peppino.

"Mi scusi, ma lei ha fatto di tutto per depistarmi, quando cercavo Glitter, un peccato di pensiero l'ho fatto...."

"Mi dispiace di cuore per quella povera donna, non volevo che finisse così."

Carlo non si lasciò convincere, lo sguardo di don Peppino era molto vago.

"Per me, nasconde qualcosa" pensò, ma non lo diede a vedere e annunciò: "Mi scusi, ma ora devo andare, ho molto da fare."

Finì di bere il caffè e si alzò.

"Se ha bisogno qualcosa, sono a disposizione", concluse don Peppino, toccandosi la fronte in cenno di saluto.

Carlo lo ringraziò e si diresse verso la piazza, dove lo aspettavano i suoi amici. Uno di loro lo accolse con un gesto d'impazienza.

"Finalmente sei arrivato! Andiamo, non possiamo perdere ancora tempo, dobbiamo organizzarci!"

"Lo so, avete ragione, ma questa storia non mi piace. Non riesco a togliermi dalla testa quella povera donna... Sarà morta? O, se no, che fine avrà fatto? Cominciate ad andare voi, io vi raggiungo al più presto, giustificatemi con i compagni e riferite che non li ho abbandonati."

Carlo si sedette sul marciapiede, gustando un pezzo di pane con il pomodoro.

Leggeva i manifesti sui muri per le elezioni amministrative.

"Sei senza cervello? Vota falce e martello" Fece un sorriso ironico, si passò le mani sui pantaloni e riprese a camminare.

Cercava Salvatore. Aveva un conto sospeso con lui.

"Se si rifiuta di parlare, giuro che l'ammazzo!" continuava a ripetersi.

Ma Salvatore sembrava polverizzato.

" Che fine avrà fatto il traditore?"

Alla fine di una giornata passata a setacciare la città, era stanchissimo.

Deciso a trovare un rifugio per la notte, vide una casa abbandonata, con la porta spalancata. L'interno era squallido ma non aveva alternativa, quindi si sistemò su una branda sporca e sgangherata per riposare un po'. Ma non riuscì a chiudere occhio.

L'alba lo sorprese ancora sveglio, filtrando dalle fessure nelle serrande.

"Devo ritornare in quel chioschetto" si disse.

C'era molto caldo quel giorno, così non prese il solito caffè. Ordinò una granita di limone.

Nel guardarsi intorno, i suoi occhi si posarono su un tavolino, poco distante da lui.

Una chioma bionda lo colpì. Non era una donna come tante. Aveva qualcosa di speciale che gli rimescolò il sangue nelle vene.

Il suo modo di accavallare le gambe lo faceva arrossire.

"Sono mesi che non tocco una donna, e anche un paio di cosce che spuntano da una gonna mi turbano", rifletté, quasi irritato da quella debolezza.

La donna si girò, come se sentisse il peso del suo sguardo... e lo fissò negli occhi con un sorriso provocatorio e accattivante.

Carlo arrossì, tanto che le strappò una risatina..

C'era una sorta di incanto tra loro, in quel silenzioso intrecciarsi di occhiate.

"Ma che diavolo sto facendo? Sembro un ragazzino alle prime armi!" s'innervosì Carlo. "E poi ho problemi più importanti da risolvere... Meglio che mi alzi e me ne vada, prima di far danno."

Mentre si alzava per togliersi da quella situazione imbarazzante, si sentì chiamare.

Ebbe un moto di sollievo, riconoscendo Salvatore, che subito si trasformò in rabbia.

"Sono due giorni che ti cerco! Che fine avevi fatto?" lo aggredì, stizzito.

"Ho avuto da fare. Sto lavorando in un panificio, e tu,che ci fai ancora qui?"

"Volevo togliermi dei dubbi su di te."

"Che dubbi? La sai la notizia? Che il padre del bambino ha saputo tutta la verità... Gli ho dato una mano per partire."

Carlo si sentì disarmato.

"Allora non è un traditore" pensò, tirando un sospiro di sollievo.

"Hai visto? C'è quella donna che ti guarda...ma non darle corda, è sotto le ali di don Peppino. Dai parlami dei tuoi dubbi..."

"Non ho trovato la donna nella cascina . Siccome eri l'unico che lo sapesse, ho fatto un peccato di pensiero."

"Grazie per la "stima" che hai nei miei confronti... Ti ho dato la parola d'onore e noi siciliani non la violiamo!"

"Scusami, ma non so spiegarmi cosa sia potuto capitare."

"I tedeschi hanno messo mezza Italia sottosopra per cercare gli ebrei. Forse l'hanno trovata prima loro, invece tu, maligno, hai subito pensato a me!"

"Se le cose stanno come dici, allora non ci sono più speranze per quella povera donna."

"Don Peppino ha tante amicizie, specialmente tra i tedeschi. Forse lui può indagare, così si riscatta dal male che ha fatto a quella famiglia."

"Bravo, Salvatore! Non ci avevo pensato!"

"Sì, sì...Bravo bravo, ma pensavi fossi un infame! Non ti dovrei più rivolgere la parola per aver messo in dubbio la mia onestà."

"Hai ragione. Scusami, un giorno te ne sarò grato, ma adesso dimmi come rintracciare quel puttaniere di don Peppino."

"Semplice: tutti i giorni va al chioschetto."

"Allora lo aspetto, speriamo che oggi abbia un po' di zucchero nel fiele del suo cuore."

Carlo continuava a sentirsi addosso lo sguardo di quella donna, che se ne stava ancora lì.

"Chissà come mai...Forse aspetta Don Peppino", rifletté ad alta voce, osservandola di sottecchi.

"Lasciala perdere, non fa per te" gli consigliò Salvatore.

"Sì, sì... Ma adesso sto pensando ad altro... Andare a trovare la signorina Moncada."

"Allora veramente vuoi provocare il cane che dorme!"

"Non provoco nessuno, sono solo assetato di verità!"

"Sai che ti dico: tanto lo so quanto sei testardo, per cui... fai quello che vuoi!"

Era bellissima la villa, in quel periodo.

Gli alberi erano tutti in fiore, impregnando l'aria di essenze profumate.

Carlo distingueva in lontananza una donna che leggeva, sotto un albero.

Si avvicinò al cancello.

"Posso disturbare?" gridò.

Teresa sussultò. Le sfuggì uno strillo, che fece volare via gli uccellini posati sui rami.

"Mi scusi, l'ho spaventata.... Non volevo" si affrettò a rassicurarla Carlo, vedendola pallida in volto.

"Cosa desidera, di così urgente?"

"Volevo parlare con lei, se me lo permette."

"Se cerca Glitter si tranquillizzi, perché ormai sarà felice e beato con la sua famiglia."

"Non credo sia tanto felice... senza la donna che ama."

"Ma di cosa blatera? Lui è andato in Palestina, dalla sua famiglia."

"Si, ma avrà trovato solo il figlio... la 'moglie' non si sa che fine abbia fatto."

Teresa impallidì ancora e, impacciata, gli fece un rapido cenno con la mano.

"Mi scusi, l'ho lasciata fuori dal cancello. Si accomodi."

"Grazie per la sua gentilezza."

"Come mai la donna non si trova?"

"Non so se lei sa tutta la storia..."

"Sì, so tutto, purtroppo sono anch'io responsabile della sventura di Glitter" confessò con amarezza. "Quando sono andato a prenderla nella cascina non ho trovato più nessuno."

"Oh, Dio santo! Questo vuol dire che l'hanno uccisa?"

"Non lo so, speravo che don Peppino potesse darmi delle risposte."

"Non me lo nomini, per favore! In tutte le disgrazie che ho avuto c'è sempre stato lui di mezzo!" Da quella risposta Carlo capì che i rapporti fra lei e Don Peppino si erano rotti.

"Così,sono allo stesso punto di prima, questo è un rebus che non ha un fine" pensò confuso.

"Le posso offrire qualcosa da bere?"

"Si grazie, una limonata se non do troppo disturbo."

"Adesso come pensa di fare, per trovare quella povera donna?"

"Speravo in un suo aiuto."

"Un mio aiuto? Ma io non so proprio come aiutarla, poi ho chiuso i ponti con don Peppino" "Mi dispiace, immagino che sia a causa di tutto quello che è successo."

"Una parte si, poi sono subentrate altre discussioni che mi hanno confusa, facendomi perdere la mia vera identità!"

"Capisco... Non mi resta che fare le valige, con il rimpianto di non aver potuto aiutare quel povero bambino a ritrovare la madre."

"Ascolti, torni domani... Cercherò di saperne di più da mia madre. Non si preoccupi, non dirò a nessuno della sua visita."

"Grazie... per la sua disponibilità."

"Non mi ringrazi. Mi sento un verme nei loro confronti e non mi chieda il perché."

"Posso dire che immagino il motivo perché lei si sente così?"

"Ne parleremo domani"

"D'accordo, signorina Teresa, non insisto. A domani."

"Mamma, tu lo sapevi che non si trova più la donna di Glitter?"

"No."

"Sicura? Ci siamo promesse una cosa, ricordi? Niente più menzogne fra noi due!"

"Parola d'onore! Non sapevo nulla! Ma tu, come fai ha saperlo?"

"Un uccellino... Allora se tu sei all'oscuro di tutto, potresti chiederlo a chi sai tu? Ma ti raccomando, non farti imbambolare dalle sue solite bugie!"

"Sei troppa severa con lui, Teresa... Dagli un'altra possibilità! Non puoi cancellarlo dalla tua vita così."

"Mamma, forse non hai capito la gravità di quello che abbiamo fatto! Abbiamo reso infelice un' intera famiglia e se non si trova la donna,

Dio non ci perdonerà mai! Allora, se possiamo salvare il salvabile, perché non farlo?"

"Già. Forse hai ragione, Teresa...indagherò con discrezione."

Carlo vagabondava per le viuzze del centro, per far passare il tempo. Era ancora presto per andare alla villa, così si recò al solito chiosco,.dove c'erano sempre le stesse persone.

Tra gli altri, anche la donna, vestita in modo appariscente, con i capelli che sembravano tutt'uno con il sole.

Salvatore gli aveva riferito che lavorava in una casa d'appuntamenti e che Don Peppino era il loro "tutore."

Lei si sentì osservata e si girò verso lui, giocando con le cosce sotto al tavolino.

Prese dalla borsetta una sigaretta e la portò alle labbra: aspettava che Carlo si avvicinasse per accendergliela, ma non fu così.

"Lo so che mi può prendere per finocchio oppure per scemo, ma non la trovo pasta per i miei denti" pensò lui.

Si avviò verso la villa, augurandosi di trovare uno spiraglio per fare luce sulla sorte di Elisheva.

Teresa lo attendeva vicino al cancello. Non voleva che lo vedesse nessuno specialmente gli scagnozzi che don Peppino lasciava sempre nelle vicinanze, per sorvegliare la villa.

"Buongiorno, signorina Teresa."

"Buongiorno, Carlo. Venga, passeggiamo un po', così non rischiamo che qualcuno la veda."

S'incamminarono lungo i viali del giardino, per raggiungere il mare.

"Ho chiesto a mia madre se sapeva qualcosa riguardo a Elisheva, ma lei sembra all'oscuro quanto me. L'ho pregata di indagare."

"Mi dica la verità: quando sono venuto la prima volta con il bambino, lei sapeva dov'era Glitter, vero?" Teresa annuì, con un filo di voce.

"L'avevo capito che c'era qualcosa sotto... Forse, se non avessimo perso tutto questo tempo, non avremmo perso così le tracce di quella povera donna" la rimproverò, ma senza asprezza.

"Lo so. Non mi perdonerò mai per quello che ho fatto, mi sento sporca fino all'anima."

"Era innamorata di lui?"

"Sì, tanto da vivere nella menzogna pur di stargli accanto... Ma adesso, se non le dispiace cambiamo discorso."

"Mi addolora leggere nei suoi occhi tanta amarezza" confessò lui, piano.

Teresa ,turbata da quell'osservazione, mascherò l'imbarazzo scostandosi un ciocca di capelli dalla fronte, ma rimase in silenzio.

La curiosità di lui aumentava sempre di più.

"Se vuole, possiamo sederci su questi scogli" propose Carlo.

"Certo... volentieri."

"Mi fa piacere averla rivista, Teresa. Spero che non le spiaccia se la chiamo per nome..."

Lei scosse la testa, ma evitò il suo sguardo.

Carlo, infilando le mani nelle tasche dei pantaloni, per rompere il suo silenzio osservò: "Molto bello questo posto ci viene spesso?" "Sì, specialmente quando sono giù di morale. La brezza del mare mi consola un po' ".

"Io invece devo fare lunghe camminate per stare bene. Quando ero piccolo salivo sugli alberi, e agitavo le braccia facendo finta di essere un uccello" si trovò a rivelare, senza nemmeno rendersene conto.

Teresa sorrise, perché anche lei quando era bambina, sognava sempre di volare.

Lui fece un passo verso di lei e le sfiorò la guancia con un dito.

"Sono contento di averle strappato un sorriso..."

"Mi rendo conto che può avermi considerata sono un po' acida, ma tante volte le brutte esperienze della vita ti danno tanta amarezza da rubarti anche le piccole gioie."

Lui avvertì la sua pena, e preferì lasciarla in pace. Sentiva che la sua presenza risvegliava in lei tristi ricordi. Così, suggerì: "Forse è meglio prendere la strada del ritorno, se la cercano nella villa e non la trovano, possono stare in pena."

"Sì, ha ragione, andiamo."

"Quando posso tornare?"

"Domani ci troviamo qui, così non c'è il rischio che la vedano spesso alla villa."

"Grazie, Teresa, per la bella compagnia. Allora, a domani."

"A domani."

Mentre si allontanava a grandi passi, Teresa osservò le sue spalle ampie: le parve che dessero un senso di onestà e di sani principi.

"Sembrava turbata dalla mia presenza" rifletté Carlo, rientrato a casa.

La luna era alta nel cielo e illuminava la stanza, riempiendo gli spazi bui.

Sdraiato sul letto si accese una sigaretta, portando la mano dietro alla nuca. Con un sorriso ironico, pensò a don Peppino e a come si sarebbe imbestialito nel sapere che s'incontrava con Teresa. Ormai era chiaro: erano tutti succubi di quell' uomo che spargeva terrore, ma lui non lo temeva, aveva avuto a che fare con persone peggiori, ben più pericolose...Addirittura degli assassini, quindi si sentiva immune dal suo potere nefasto.

Teresa era arrivata prima all'appuntamento, e scrutava l'orizzonte.

"In un' altra vita vorrei essere un gabbiano, immergermi in una natura dove non si conosce la solitudine."

Ad un tratto si sentì osservata, si girò lentamente e vide Carlo.

"Non volevo disturbarla nei suoi pensieri..." esordì, con un sorriso di scusa.

"Stavo solo sognando di volare", sorrise lei. "Comunque buongiorno, Carlo."

"Buongiorno a lei. Volevo chiederle...s e non le sembro scortese potremmo darci del tu? Mi sentirei più a mio agio, e poi siamo quasi coetanei ...."

Lei si limitò ad annuire, e annunciò: "Per quanto riguarda la scomparsa di quella donna, mia madre non ha ancora visto la persona interessata."

"Io fra una settimana devo partire. Spero che si risolva in fretta questa faccenda, almeno potrò portare delle notizie, così, in un modo o nell'altro, si metteranno il cuore in pace."

"Era bella ?"

"Chi, Elisheva?"

"Sì" confermò, arrossendo per quella domanda improvvisa, e di certo inattesa.

"Quando la conobbi non era in gran forma, era molto pallida, trascurata... non posso darti un giudizio reale su di lei" mentì. Non voleva ferirla, perché anche se malata, la bellezza di Elisheva non era intaccata.

La osservò, con la coda dell'occhio, e pensò: "E lei non è da meno, i suoi lineamenti sembrano orientali."

Teresa percepiva quello sguardo addosso, anche se velato, allora cercò di rompere l'imbarazzo, domandando: "Che cosa fai, nella vita?"

"Il nulla facente" rispose Carlo, con un sorriso.

"Un lavoro impegnativo" scherzò Teresa, ricambiando il sorriso.

Risero tutte e due di cuore. In quel momento non pensavano a nulla, solo ai loro sguardi che si erano intrecciati, fuggevolmente.

Carlo avvertì una sensazione mai provata prima, e si spaventò così tanto da voler scappare via da lei.

Si congedò in fretta, con un saluto e la domanda: "Quando posso sperare di sapere qualcosa?"

"Vieni fra due giorni" rispose Teresa... ma non capì perché stava scappando.

Quando se ne fu andato, lei rimase lì, a osservare le onde che accarezzavano gli scogli, smarrita nel tepore di quel momento. Si sentiva la salsedine sulle labbra, come in un bacio del mare.

Era stranita, confusa dal fatto che non pensare a Glitter, per la prima volta dopo tanto tempo, non le arrecasse nessun dolore.

"Mi fa star bene, Carlo ... Peccato che domani non lo vedrò."

"Sono proprio uno scemo, ma cosa mi prende? Arrossisco pure, come le femminucce, sto perdendo l'identità con tutto quello che è successo... Capisco l'astinenza d'amore,ma tutto ciò mi fa rabbrividire."

Mentre una lieve brezza si mescolava con i profumi dei fiori, Carlo giocava prendendo a calci i sassi. Era un modo per non pensare alla brutta figura che aveva fatto.

Tentò invano di dormire, tormentando il cuscino nervosamente, poi si rassegnò e accese una sigaretta.

"Peccato che domani non la vedrò" pensò, usando inconsapevolmente le stesse parole di Teresa. "E' molto dolce nel suo porsi... Mi sembra impossibile che abbia voluto fare del male a qualcuno. Sicuramente la mente di tutto era quel mafioso di don Peppino, forse lei se n'è resa conto troppo tardi! Per questo non ne vuole sapere più niente di lui. Certo, quell'uomo strumentalizza tutti."

Il suo risveglio fu sgradevole. Era nervoso per aver dormito poco.

Si sentiva ossessionato da troppi pensieri. Adam...Chissà se stava bene.

Elisheva...L'avrebbe mai ritrovata? E adesso anche Teresa.

"Se continuo così, va finire che mi prenderò un bel esaurimento nervoso!" sbottò ad alta voce.

Per reagire uscì di casa e si recò al solito chioschetto.

C'era gente nuova, oltre alle solite facce.

La bionda era in compagnia di un uomo grasso, più vecchio di lei di almeno vent' anni, ma con l'aria danarosa.

"Signor Carlo, buongiorno!" lo accolse il barista, "Il solito?"

"Sì, un caffè ben ristretto."

La donna, quando lo vide gli rivolse il solito sorrisino malizioso.

"Non guardarmi donna, non faccio per te, ho solo poche lire in tasca" l'ammonì silenziosamente, sorridendo sotto ai baffi.

Prese il caffè poi, decise di arrivare fino al mare.

"Se non c'è nessuno mi faccio un bagno" si ripromise, mentre s'incamminava lungo un viale alberato.

Ma quando arrivò dovette cambiare programma , perché da lontano si accorse che c'era già qualcuno, in acqua... Avvicinandosi di più, riconobbe Tersa, dal colore dei capelli.

Si nascose dietro a una roccia, per non farsi vedere.

Indossava un costume rosso che nascondeva tutte le sue forme, ma con la mente Carlo riuscì ad oltrepassare la stoffa leggera, accarezzando con gli occhi la sua pelle.

Lei si guardò intorno, prima di uscire dall'acqua, poi prese l'accappatoio e si asciugò i capelli.

"Che situazione imbarazzante! Come faccio ad andar via?" si domandò lui, preso dal panico. "L'unica alternativa è far finta di essere arrivato adesso... Cercherò di fare l'indifferente, anche se sarà molto difficile, dopo averla vista in costume.."

Si chinò, e di soppiatto scivolò via dal nascondiglio, allontanandosi fino a non vederla più.

"E adesso? Me ne vado? Oppure fingo di arrivare ora?"

Ma l'impulsività ebbe la meglio sui ragionamenti e si avvicinò.

"Scusami, non sapevo che fossi qui" si scusò, ostentando sorpresa.

Teresa afferrò subito l'accappatoio e si coprì, imbarazzata.

"Che ci fai qui?" proruppe, con le guance in fiamme.

"Non sapevo cosa fare, così sono venuto qui per farmi un bagno, ma forse è meglio che lasci perdere" si giustificò.

"Se ti giri cortesemente, mi rendo presentabile."

"Certo! Anzi, perdonami per averti disturbata in questa stupenda giornata di sole" e si voltò di spalle, faticando a trattenere un sorriso divertito.

"Faccio spesso il bagno qui perché non è molto frequentato ma a quanto vedo mi sono sbagliata."

"Trovo incantevole questo posto, ecco perché ci sono ritornato."

menti spudoratamente, perché nel suo intimo sperava solo di incontrare lei.

"Adesso ti puoi girare."

"Se ti va, possiamo passeggiare in riva al mare."

"Sì" accettò subito Teresa.

Si misero a parlare del più e del meno, lasciando le orme dei loro loro passi sulla battigia. In lontananza sembrava che li seguissero, prima di essere spazzati via dalle onde.

Carlo aveva timore di chiedere qualcosa di più riguardo a Glitter, perché non voleva rovinare quella bella giornata di sole.

Invece fu lei a parlarne.

"Non era felice con me. Non mi amava, Forse mi avrebbe sposata per gratitudine, senza sapere che ero il nemico."

"Non dire così, Teresa... Tu sei stata solo uno strumento nelle mani di don Peppino."

"Già. Ma non è tutto. Quello che non sai è che don Peppino è mio padre!"

"Tuo padre?" trasecolò Carlo.

"Sì, l'ho scoperto per caso, origliando mentre mia madre litigava con lui animatamente."

Aveva gli occhi pieni di lacrime e Carlo se ne accorse subito.

"Non piangere, Teresa, non velare di tristezza il tuo bellissimo viso."

Lei si girò a guardarlo e lui la ricambiò con un'occhiata più intensa, Ripresero a passeggiare, ma senza parlare.

Le loro mani si toccavano. Nessuno dei due le ritraeva.

Quando alla fine si salutarono, Carlo la prese per la nuca e le baciò la fronte.

Teresa come al solito rimase li... a guardare Carlo che si allontanava. Si sentiva felice, ma nello stesso tempo turbata. Non aveva mai desiderato baciare un uomo come quando le loro mani si erano sfiorate.

Iniziarono a vedersi tutti i giorni... Era nata un'intesa profonda, tra loro.

Nella mente di Teresa sembrava che Glitter non fosse mai esistito, e questa sensazione le faceva male. Si chiedeva se fosse vero amore, oppure solo un' infatuazione e ne era addolorata.

"Ho rovinato una famiglia solo per un capriccio?" s'interrogava spesso, angosciata.

"Che hai Teresa? il tuo viso è diventato scuro" le chiese, in uno di quei momenti, Carlo.

"Sono i rimorsi che riaffiorano."

Lui si fermò, e le posò le mani sulle spalle, guardandola fisso negli occhi.

"Ho tanta voglia di baciarti, Teresa" sussurrò.

La sua risposta fu un lampo. Appoggiò le labbra su quelle di lui, e si abbandonò.

Fu un bacio lungo e appassionato, che lasciò Teresa senza fiato: nessuno l'aveva mai baciata così ... Carlo capì che era inesperta, che non aveva avuto tanti uomini, e si sentì importante.

Quando si staccò da lei, e alzò lo sguardo, sobbalzò, vedendo una figura che li osservava da lontano.

"Teresa, c'era qualcuno che ci guardava, dalla punta di quello scoglio!" "Non mi dire che don Peppino ha mandato un suo scagnozzo per controllarmi?" scattò lei, furibonda.

"E' meglio andare, non voglio che ti succeda qualcosa."

"Stai tranquillo, anzi stai attento tu, perché questi non hanno nulla da perdere."

"Stai tranquilla, saprò difendermi."

Fuori dalla villa l'attendeva don Peppino. Sembrava su tutte le furie.

"Non devi vedere più quell'uomo!" sbraitò, puntandole contro un dito accusatore.

"Non devi dirmi tu cosa devo fare della mia vita!"replicò lei, altrettanto arrabbiata.

"IO ho il diritto sacrosanto di far parte della tua vita, che tu lo voglia o no! Non farmi perdere la pazienza, Teresa, o non rispondo più delle mie azioni!" la minacciò.

"Mi hai già rovinato la vita una volta, non ti permetterò di farlo ancora, mettitelo bene in testa!" Scappò in casa piangendo, e si chiuse in camera.

"Basta! Non lascerò più che s'intrometta! Lui non è nessuno per me...dopo vent'anni vuole fare il padre?"

Con urli muti Teresa si ribellava, ma nello stesso tempo tremava all'idea che potessero fare del male a Carlo.

Così decise di non perdere la calma e ragionare su come evitare ogni rischio per lui.

Carlo l'indomani tornò al solito posto, ma di lei non c'era ombra.

"Le sarà successo qualcosa!" si tormentò. "Ecco perché non si va viva, forse l'uomo di ieri ha spifferato tutto a don Peppino , ci voglio vedere chiaro!"

Così si avviò verso la villa ...ma davanti al cancello rivide lo stesso uomo .

"Ecco, questa conferma i miei dubbi! Di certo c'è lo zampino di quel maledetto! Le avrà proibito di vedermi, facendo il padrone di tutti, come al solito !"

Girò i tacchi e se ne andò. Ma lungo la strada, poco dopo, vide un uomo in bicicletta. Lo riconobbe subito: era il giardiniere della villa.

Quando si fu avvicinato, lo fermò.

"Potrebbe portare un'ambasciata da parte mia alla signorina Teresa?"

"Certo, mi dica."

"Le faccia sapere che devo parlarle urgentemente e che domani si faccia trovare al solito posto."

"Stia tranquillo, sarà servito."

"Mamma, mi devi aiutare!"

"Come faccio, Teresa? Mi ammazza se lo viene a sapere!"

"Ti prego, mamma! Devo andare per forza all'appuntamento, lui a giorni parte, dammi questa possibilità, ti scongiuro!"

"Cosa devo fare, dimmi..."

"Distrai in qualche modo il suo scagnozzo, oppure lo allontani, chiedendogli di farti delle commissioni...anzi, magari ci vai pure tu, così gli fai perdere ancora più tempo..."

"Tu così mi metti nei guai..."

"Mamma non possiamo più essere succubi di quell'uomo! Dobbiamo prendere in mano la nostra vita. Si deve mettere da parte, dobbiamo essere padrone di scegliere..."

"D'accordo, vedrò come posso fare... Ma questa è l'ultima volta che ti aiuto, mettitelo bene in testa! Conosco tuo padre... e so dove può arrivare se si sente tradito."

"Mamma, per me non è mio padre, lo vuoi capire? Voglio i miei spazi, fare esperienze, avere amici, non vedi che sono sempre sola? Nessuno mi ha mai invitato ad una festa, ed è solo un esempio..."

Rosa si rese conto che la figlia aveva proprio ragione.

Teresa andò all'appuntamento e vide che Carlo era già lì che l'aspettava.

"Sono contento che sia venuta, volevo salutarti prima di partire, tanto ormai ho capito che notizie di Elisheva non ce ne sono. Adesso parliamo di noi... Provo un sentimento nei tuoi confronti, ma ho paura di farti del male..."

"Io devo ringraziarti per quello che mi hai donato, prima di tutto la consapevolezza. Ho potuto capire i tanti sbagli che ho commesso in questi ultimi mesi e che li avrei potuto evitare. E poi, mi hai aperto gli occhi su tante altre cose... Sappi che per quanto riguarda noi due, anche tu non mi sei indifferente."

"Hai avuto qualche problema con don Peppino?"

"Sì, il solito possessivo! Se devo dirti la verità, sono contenta che parti perché non voglio che qualcuno ti possa far del male... Ma ti porterò nel mio cuore."

Con delicatezza Carlo le prese il viso tra le mani, sfiorandole le labbra.

"Anch'io ti porterò nel cuore, e se un giorno tornerò, sarà per stare con te."

"Quando parti?" "Domani notte, posso venire a salutarti?"

"Di notte? E come faccio?"

"Ti fai trovare davanti al cancello."

"Mi devi dire l'ora."

"A mezzanotte sarò da te."

Si sedettero sulla spiaggia in silenzio. La tristezza avvolgeva i loro occhi.

"Non posso stare molto fuori casa... mi ha aiutata mia madre, per venire al nostro appuntamento."

"Va bene, Teresa vai. Non voglio compromettere tua madre."

"Mi mancherai tanto, Carlo. Questi giorni accanto a te sono stati più belli della mia vita."

"Anche tu mi mancherai."

Ci fu un lungo bacio fra di loro... come se fosse un addio.

"Ci vediamo domani, cara."

Teresa nel vederlo allontanare sentì una stretta al cuore.

"Il destino è stato crudele con me, sembra che non mi voglia veder felice... Forse devo scontare i miei peccati" rifletté amaramente. Arrivò prima della madre in villa...nel non vederla ebbe un sospiro di sollievo. Si sedete sotto al suo solito albero, "Chissà se tornerà come dice, eppure gli voglio dare un pegno d'amore.

Ricamerò un fazzoletto di tela con sopra le nostre iniziali."

Così fece, andò in camera sua, aprì un cassetto e prese un fazzolettino di tela con i bordi intagliati, poi chiamò la cameriera.

"Carmela, sai dove mia madre tieni i telai?"

"Certo, signorina, che misura lo vuole?"

"Il numero dodici, quello che usavo quando ricamavo da piccola."

Si mise subito al lavoro, con un sorriso dolce sulle labbra. Lo ricamò con cura, mettendo nei due lati le iniziali, e in un angolo la data del primo loro appuntamento.

Carlo stava riponendo gli abiti dentro alla sacca di tela, a malincuore. Pensava a Teresa.

"Forse, se l'avessi conosciuta in un altro periodo... Invece adesso non mi posso prendere il lusso di iniziare una storia seria, ci sono i miei compagni che mi aspettano."

Bussarono alla porta "Chi è?"

"Apri. Sono Salvatore."

"Pensavo che oggi lavorassi."

"Ho preso mezza giornata di ferie, volevo salutarti."

"Grazie, sei veramente un terroncello, doc..." rise Carlo "Non so se offendermi per il 'terroncello' o ridere..." scherzò Salvatore.

"Vai subito dai tuoi amici?"

"No, prima devo andare a trovare Adam, gli avevo promesso di farmi vivo"..

"Ma che vuole da te don Peppino? So che ti cerca."

"Nulla. nulla. Solo rompere le scatole."

Carlo non voleva fare il nome di Teresa per rispetto.

"Lo so... Lui è un tipo che vuole tutti a disposizione."

"E voi, scemi, siete suoi succubi."

"Io non sono succube di nessuno, faccio la mia strada."

"Bravo, Salvatore. Ricordati sempre che sei tu il padrone della tua vita! Adesso mi riposo un paio d'ore prima di partire."

"Io vado, allora. Visto che ho la giornata libera, sbrigo certe faccende."

Si salutarono affettuosamente.

"Se torni da queste parti sappi che ci sono."

"Sì, lo terrò presente."

Rimasto solo, Carlo non riuscì a riposare: pensava ad un futuro accanto a Teresa, e se sarebbe stato capace di renderla felice.

Le strade di notte erano deserte. Ogni tanto si vedeva passare un topo di fogna che emigrava da un marciapiede all'altro.

Carlo li osservava, affascinato dalla loro velocità nell'attraversare la strada. Lui stesso aumentò il passo. Non voleva far aspettare Teresa da sola a quell'ora.

Teresa era in preda all' ansia. Scese in punta di piedi le scale per paura che la sentissero. Appena fuori vide un' ombra: era Carlo che la stava aspettando.

"Ciao, cara come stai?"

"Un po' nervosa per la tua partenza, aspetta che ti apro il cancello."

"Non voglio che rischi per me."

"Non c'è nessuno, poi voglio darti un piccolo pensiero."

Gli porse il fazzoletto ricamato da lei.

"Bellissimo, Teresa! Lo hai ricamato tu?"

"Sì, ho lasciato un angolo vuoto, così se un giorno ritorni, metterò la data."

"Sei stata molto cara, ti ho pensato tanto, oggi, sai? Immaginavo come sarebbe stato vivere con te."

"Anch'io ti ho pensato... se un giorno capirai che ti manco, torna da me.

Io ti aspetterò."

"Allora facciamo così: ti farò avere mie notizie tramite un amico, poi se siamo destinati ad avere un futuro insieme, che ben venga"

"Sono d'accordo, Carlo. Ti scriverò anch'io."

Sentirono dei passi in lontananza, ma c'era troppo buio per vedere chi fosse.

"Teresa, corri subito dentro!"

"Aspetta, sicuramente sarà qualche passante."

"A quest'ora?" La baciò e la sospinse dolcemente lontano da sé. "Adesso corri, torna subito a casa!"

Un grido li fece trasalire.

"Chi va là!"

"Conosco questa voce... E' uno scagnozzo di Don Peppino!"

"Scappa, Teresa, scappa!"

"No, ti può far del male"

"Chi va là" ripeté la voce, minacciosa.

"Adesso dico che sono io, con questo buio non può vederti, Carlo."

Ma lui non fece in tempo a rispondere. Da lontano si sentì un colpo di lupara.

Teresa, che era fra le braccia di Carlo, si sentì il dorso bagnato.

"Teresa..."

"Scappa, Carlo, scappa" mormorò Teresa.

Carlo si sentì fermare il cuore. Capì che era stata colpita. La prese in braccio e corse verso la villa, spalancando con un calcio la porta.

"Qualcuno mi aiuti" urlò, disperato.

Si accesero le luci. Carlo guardò Teresa, voleva capire dove era stata colpita.

In quel momento arrivò Rosa.

"Perché queste urla? Che sta succedendo?" Carlo era stravolto. Era tutto sporco di sangue... anche il fazzoletto che gli aveva donato.

La donna, quando vide la figlia in quello stato, si mise a strillare.

"Teresa! Teresa! Che ti hanno fatto? Tu, maledetto assassino!" Fuori di sé, si lanciò contro Carlo con tutta la sua rabbia, colpendolo al viso con i pugni.

Lui non riusciva a replicare, da quanto era sconvolto. Le lacrime gli annebbiavano la vista. Con delicatezza posò Teresa sul divano e le si inginocchiò accanto, senza sapere cosa fare. Si era accorto della gravità della ferita, e non riusciva a smettere di piangere, di carezzarle il viso, di stringerle le mani, con gesti convulsi. Alzò gli occhi al cielo, trattenendo un'imprecazione.

"Teresa... Teresa...." gridava senza voce "Non mi lasciare!"

Lei con un cenno chiamò la madre.

"E' stato uno scagnozzo di Don Pep...pi...no" riusci a balbettare a fatica.

Carlo le teneva la mano, cercando di mantenere la calma.

"Non doveva finir così, Teresa!"

Lei lo guardò e gli sorrise.

"Gra..zi..e pe-r avermi rega..lato giorni fe..li..ci."

Lo guardò, con gli occhi lucidi, colmi d'amore. Poi la sua testa scivolò dolcemente sul petto di Carlo, che la strinse convulsamente tra le braccia. Lacrime silenziose gli rotolavano sulle guance, e lui non faceva nulla per fermarle.

Le urla della signora Rosa riempirono la stanza con il loro dolore immenso.

"Come è potuto succedere, come? Amore mio, cuore della tua mamma... Non lasciarmi, la mia vita senza di te è finita!"

Carlo si scostò, per permettere a Rosa di abbracciare la figlia. Immobile guardava Teresa stringendo fra le mani il fazzoletto insanguinato.

"Dio mio, dimmi che sto sognando, che mi risveglierò da questo incubo" mormorava.

Si sentì spalancare la porta. Era don Peppino, livido in viso.

Cercava con lo sguardo la figlia, ma non fece in tempo ad avvicinarsi che Rosa lo assalì.

"Sei un bastardo assassino! Non ti avvicinare a mia figlia, vattene subito da questa casa e non farti vedere mai più, come hai potuto farci questo!" e il suo grido si ruppe in un singhiozzo.

"Stava appena ricominciando a sorridere e tu le hai rubato tutto! Anche la vita, le hai rubato! Fuori da casa mia! Subito!"

A quel punto, il marito, che fino a quel momento era rimasto in silenzio, pallido in viso e silenzioso, tanto che nessuno si era accorto della sua presenza, si mosse.

Prese per un braccio don Peppino, lo portò verso la porta e gli disse: "Io sapevo tutto, ma per amore di Rosa e Teresa ho sempre fatto finta di nulla... Da oggi in poi non farti più vedere, lasciaci nel nostro dolore."

Don Peppino girò le spalle e uscì. Non aveva la forza di replicare, il suo strazio era troppo forte.

Davanti al cancello vide uno dei suoi.

"Mi perdoni, don Peppino! Non sapevo che ci fosse Teresa, io ho fatto come lei mi aveva ordinato!"

Don Peppino non lo ascoltò nemmeno e proseguì per la sua strada con lo sguardo assente.

"Mi merito questa fine... ma Dio ha peccato di una cosa, ha fatto pagare i miei errori a mia figlia... Questo è il castigo più grande... che mi potesse dare."

Carlo non partì. Voleva aspettare il funerale di Teresa. Rosa gli offrì una stanza, ma lui rifiutò. Non voleva portar disturbo, ma la signora insistette nel trattenerlo.

Il giorno del funerale c'era una grande folla, in chiesa.

Mancava solo Don Peppino, perché avevano dato disposizioni di non farlo avvicinare.

Dal giorno in cui era morta Teresa, non era più uscito di casa. Se ne stava sempre disteso sul letto e taceva. Pensava al funerale di sua figlia, e che non era gradito. Si tormentava, non si dava pace.

"Ho sbagliato tutto, nella mia vita schifosa! Non so se riuscirò a vivere con questo dolore, sono rimasto solo con i miei rimorsi atroci. Ti porterò sempre nel cuore, figlia mia. Ho cercato di darti la felicità, invece te l'ho strappata. Anche la vita ti ho strappato! Non sono riuscito neanche ad essere un buon padre per te. Salderò i miei conti poi andrò a costituirmi. Dirò che sono stato il mandante dell'assassinio di mia figlia."

Dopo la funzione, Rosa prese in disparte il marito.

"Come facevi a sapere tutto e ad avermelo tenuto nascosto tutto questo tempo?"

"Quando ti sposai e dopo due settimane mi dicesti che eri incinta fu come un fulmine a ciel sereno. Perché io non potevo darti dei figli, a causa di una malattia che avevo preso da piccolo. Poi un giorno vi ho sentiti parlare... Quell'uomo ti chiedeva come stavi, voleva che ritornassi da lui, ma io ti amavo così tanto! La paura di perderti mi faceva star male...Così decisi di far finta di nulla, dando la paternità a Teresa" rivelò, a testa bassa, e con la voce roca.

"Mi dispiace di averti dato tanto dolore, in tutti questi anni" sussurrò lei, sfiorandogli il viso con la mano, gli occhi pieni di lacrime.

"No, Rosa non mi hai dato dolore , anzi, mi hai fatto felice.

Se non ti avessi incontrata, non avrei mai provato la gioia di sentirmi padre, anche se non di sangue... E poi, ti amo come la prima volta che ti vidi" confessò, abbracciandola.

"Anch'io ti amo", mormorò Rosa, appoggiando la guancia sul suo petto.

"Dobbiamo farci forza a vicenda, perché dopo la perdita di Teresa, la nostra vita sarà molto difficile, dovremo aiutarci l'un l'altro a portare il peso di un dolore cosi immenso."

Carlo salutò la signora Rosa e il marito. Voleva scappar via dal quel posto, si sentiva troppo in colpa per quel che era successo.

Strinse tra le dita il fazzoletto macchiato. "Lo porterò sempre con me, te lo prometto Teresa. Sono sicuro che puoi sentirmi."

Riprese il cammino, piangendo silenziosamente.

Cercava di trattenersi, ma le lacrime scendevano irrefrenabili, le sentiva come lame sul viso. Non riusciva a darsi pace, si sentiva ancora addosso l'odore della morte. Nella mente gli scorrevano quei pochi giorni felici. Ricordò il suo sorriso, con infinita tenerezza. Arrossiva come una ragazzina ai primi appuntamenti solo per uno sguardo... gli piaceva proprio per questo, per la sua ingenuità.

Ma alla dolcezza straziante dei ricordi, si sostituì l'odio per l'artefice di quella tragedia. Bruciava, dalla rabbia.

"Che Dio ti castighi, maledetto don Peppino, assassino del tuo stesso sangue!" si trovò a gridare, da solo, per la strada, alzando i pugni verso il cielo.

Arrivò al porto come un cane bastonato. Le sue narici furono ferite da un fetore di acqua stagnante e pesce putrido. Intanto, le nuvole cominciavano ad essere grigie e compatte.

Distolse la mente, pensando a come formare i gruppi di brigate partigiane, a come sfidare il nemico. Si sentiva incattivito, la tragedia appena vissuta gli avrebbe dato più forza per affrontare la battaglia.

"Tanto" rifletté cupo "Che cosa ho da perdere, ormai?"

Iniziò a piovigginare, in modo regolare ma insistente, così decise di andare a imbarcarsi subito.

Lo aspettava sul pontile un uomo calvo, di una cinquantina d'anni. Respirava a fatica, asciugandosi il volto con la manica della camicia.

Passò un mese dalla scomparsa di Teresa.

Don Peppino andava tutti i giorni al cimitero.

Portava sempre un mazzo di rose bianche, che tanto piacevano alla figlia, e lo posava fuori dalla cappella.

Rimaneva li ore e ore ad osservare la sua foto, chiedendole ripetutamente perdono.

"Lo so che sono stato un pessimo padre, ho fatto del male a troppe persone... E anche se adesso voglio salvare il salvabile, la mia anima resta macchiata di sangue, e proprio del tuo sangue, amore mio! La cosa più bella e più pulita della mia vita eri tu, adesso non ho neanche più questo. Ma ci rivedremo presto, adorata figlia mia!"

Andò cercare un amico in caserma, al quale aveva fatto molti favori.

"Devo parlare urgentemente con il tenente Rosario Minniti, mi sa dire dove posso trovarlo?"

"Se aspetta un attimo glielo chiamo subito" disse il militare di guardia.

"La ringrazio, dica che lo aspetta don Peppino."

Passò più di un quarto d'ora prima che si facesse vivo.

"Eccomi, scusa se ti ho fatto aspettare. Dimmi tutto, Peppino."

"Mi devi fare un grande favore, Rosario... Cerco una persona, e solo tu mi puoi aiutare."

"Dimmi il nome, vediamo."

"Elisheva Cabib."

"Peppino, ma questa è una ebrea! Ma scherzi?"

"No non scherzo. Devo trovarla perché mi aveva promesso di lavorare per me. I miei clienti, come tu ben sa,i vogliono carne fresca... E che sappiano fare bene il proprio lavoro."

"Allora questa sarà un bel bocconcino anche per il mio palato!"

"Certo! Voglio darvi il meglio e ti assicuro che questa ti succhia anche il cervello per la sua bravura. Se vuoi, stasera vieni a casa mia.

Ti faccio vedere il quadro dove ha posato quasi nuda" ammiccò , con un sorriso mellifluo.

"Sei un diavolo tentatore, Peppino" rise il tenente.

"Ti ho mai deluso? Ti ho fatto fare anche delle belle figure, quando organizzavi feste per i tuoi superiori."

"Sì, sì, mi hai convinto! Domani controllerò l'archivio, comunque stasera verrò da te a vedere quel dipinto... Fammi trovare una bella compagnia!"

"Sei il solito vizioso, Rosario... Allora, a più tardi" si congedò, soddisfatto, tra sé, del piano che stava architettando.

Si diede subito da fare. Organizzò una serata molto particolare. Chiamò due donne molto formose, e che sapevano aprire bene le cosce.

"Avevi ragione, Peppino! Questa ragazza è veramente da mangiarsela" osservò Rosario, ammirando il ritratto.

"Che ti avevo detto? Ecco perché la cerco... Questa per me è una miniera d'oro!" "Eh sì, lo immagino. D'accordo, ma se trovo qualcosa di lei, mi devi promettere che sarò il primo a gustarmela."

"Certo! Prima gli amici."

Rosario finì la serata in bellezza. Prima di andarsene soddisfatto, ringraziò don Peppino "Mi raccomando, cercami quella donna" gli ricordò lui.

"Io mantengo le promesse, lo sai."

Dopo che se ne furono andati tutti, don Peppino ritornò nella sua solitudine, con una dolorosa sensazione di vuoto.

Appesantito dai rimorsi e dai rimpianti, crollò subito in un sonno senza sogni.

Al suo risveglio, oltre le pareti sottili, sentì i vicini che facevano colazione gioiosamente. Il cuore gli si gonfiò d'amarezza.

Si vestì e uscì in fretta, per recarsi alla caserma e sentire se ci fossero novità.

"Allora, hai saputo qualcosa?" chiese subito all'amico, che incontrò sul portone.

"Da me non ho trovato nulla... mi sto informando altrove."

"Sai dove cercarmi, se hai notizie di lei."

"Certo, Peppino , stai tranquillo. E grazie per la serata di ieri."

"Quando vuoi, a disposizione..."

Andò al solito chioschetto. Aveva bisogno di prendere un po' d'acqua per le sue pillole quotidiane.

"Per un po' voglio alleviare il dolore, scacciare tutte le immagini soffocanti, Che verme sono? Adesso che conosco il vero dolore lo voglio alleggerire?" rifletté, sedendosi al tavolino.

Due ore dopo, sfinito da fotogrammi di ricordi grandi e piccoli, il suo sudore si faceva sempre più intenso. Sentiva delle fitte al petto.

"Lo so, tutto questo mi porterà alla morte."

"Peppino, forse ho saputo qualcosa . Mi hanno riferito che un mese fa, nel campo di concentramento di Avellino hanno portato una donna senza dati anagrafici."

"Perché credi che sia lei?"

"Perché dicono che l'hanno trovata vicino a Palermo."

"Come facciamo a sapere che è proprio la persona che cerchiamo?"

"L'unica possibilità è andare là, ma non so come infiltrare te..."

"Potresti darmi una divisa... Se entro con te come civile, do troppo nell'occhio."

"Sì, ma è molto rischioso, sia per te che per me!"

"Lo so, però pensa a come potremmo divertici con questa ebrea, specialmente tu!"

"Possiamo provarci..."

Don Peppino si sentiva ridicolo con quella divisa da capitano.

Se ne accorse anche Rosario "Certo che non ti ci vedo proprio dentro a questi panni" rise, guardandolo divertito.

"Mi prendi pure in giro? Non solo, i pantaloni mi stanno stretti dal cavallo, i gemelli mi stanno arrivando in bocca" scherzò.

"Mi dispiace, ma non avevo altro da darti", ma non riusciva a trattenere un ghigno ironico." Mi raccomando, Peppino cerca di essere più convincente possibile, non farti prendere dal panico e recita bene la tua parte."

Era un campo di concentramento di sole donne. Avevano tutte i capelli corti, vestite quasi uguali.

Don Peppino nel vederle rimase sconcertato, ma si mantenne apparentemente impassibile perché ogni espressione del suo viso poteva dare nell'occhio. Si sforzò di camminare con passi sicuri come un vero militare.

"Peppino, se vedi qualcuna che sembra lei, fammi cenno."

"Come faccio a dirgli che non l'ho mai vista? Ho solo il quadro come riferimento... Poi, vestite così sembrano tutte uguali."

Fu solcato da scariche di paura che gli gelarono il sangue. Nel girare attorno lo sguardo, notò una donna. Era carina di viso, e sotto a quella divisa si notava un seno prosperoso.

La donna lo guardò diritto negli occhi.

"Attento, Peppino, qui si vendono per non essere uccise" lo ammonì Rosario, osservando la scena.

Ma don Peppino, camminando, si voltò ancora per qualche istante, attirato dalla sagoma della donna come se fosse stato tirato da una fune, impossibilitato a muoversi.

Arrivarono in una zona squallida del campo.

Nel capannone

Rosario, con un sorriso malizioso ordinò: "Siamo d'accordo, andate a prendere la donna!" poi, guardando l'amico, aggiunse: "Ora ci divertiamo, Peppino."

"Ormai non ho più l'età per divertirmi, poi ci vuole altro per me" dichiarò, con un'amara risata. Rabbrividì nel pensare a cosa le avrebbero potuto fare, e a come poteva impedirlo Ma si sentiva impotente, e non vedeva l'ora di uscire da quell'inferno.

Attraverso la finestra, vide dei militari che sospingevano in malo modo un gruppo di donne con le mani sopra alla testa, ed era agghiacciante come sputavano loro addosso.

"Ma dove le portano?"

"Non farmi domande, Peppino. Ho già rischiato molto a portarti qua."

Vide arrivare la donna, seguita dai due.

"Eccola, Peppino! Quella che ti farà incassare molte lire..."

Don Peppino guardò la donna bene negli occhi, augurandosi che stesse al suo gioco.

"Ti ho cercata per mari e monti! Sai benissimo che avevo preso impegni con clienti importanti" le disse, ostentando durezza.

Elisheva lo fissò e lesse nei suoi occhi.

"Don Peppino dice che ce l'hai d'oro e a letto sei una porcona, adesso fai divertire i mie amici come sai fare tu" le si rivolse Rosario, avvolgendola con uno sguardo lascivo.

Elisheva si girò di scatto, cercando il viso dell'uomo che, aveva capito, stava cercando di aiutarla. Nello sguardo aveva una muta preghiera.

Ma non fece in tempo a dir nulla che la stavano già spogliando.

Capì la situazione e non fece nessuna resistenza.

"Non andare via, Peppino se vuoi puoi guardare."

"Non mi piace guardare... Poi se mi viene voglia a voi non lascio nulla."

Si misero a ridere.

"Sei il solito porco Peppino, vai a fumarti una sigaretta, allora. Quando abbiamo finito ti chiamiamo."

Lui uscì dal capannone, in preda alla nausea e ai sensi di colpa. Se non poteva impedire quello schifo, almeno voleva evitare di esserne testimone.

La legarono mani e piedi e a turno la presero con violenza.

Lei sentiva inorridita i loro respiri affannosi sulla pelle, e cercava di sopportare con forza d'animo quell'ennesima violazione.

"Puttana ebrea, ti piace?" sghignazzò uno dei tre, urinandole addosso.

Non contenti la fecero girare, penetrandola in due.

Dalle labbra di Elisheva sfuggì un grido di dolore.

Don Peppino quando la sentì urlare si sentì lacerare l'anima.

"Quando finirà questa tortura, Dio mio! Il mio cuore si sta spezzando dal dolore! Forse tu dall'alto volevi che vedessi tutto questo?" si disperò, stringendo i pugni, lo sguardo al cielo.

Come uno scherzo del destino, il tramonto gli apparve tragicamente meraviglioso.

Dopo un tempo che gli sembrò infinito, sentì uno scroscio d'acqua all'interno del capannone.

Vide uno dei tre che con una pompa indirizzava il getto violento contro la donna in piedi, completamente nuda. Cercava di farle perdere l'equilibrio. Lei si sforzava di non cadere e loro ridevano sguaiati.

Perdeva sangue, lungo le gambe. I suoi occhi erano orribilmente assenti, come se si fosse estraniata da tutto.

Don Peppino non resistette alla scena. Cercò di trattenere il grido rabbioso che gli premeva in gola e, dominandosi a fatica si limitò a dire: "Adesso basta, non sciupatemela più, perché devo renderla presentabile a gli occhi degli altri..."

"Hai ragione, Peppino... tanto mi rifarò con lei la prossima volta" replicò Rosario, con una risata.

Mentre i tre aguzzini parlavano fra di loro, don Peppino riuscì ad avvicinarsi a lei e a voce bassa la rassicurò: "Stai tranquilla, è finita. Sono amico tuo, reggimi il gioco se vuoi che tutto vada bene."

"Dove mi porterete? Non fatemi più del male, vi prego" lo implorò.

"Non ti voglio far del male, voglio aiutarti, ma dobbiamo stare attenti.

Devi seguire i miei movimenti e quando ti dico scappa, devi correre senza voltarti indietro."

"E dove vado?"

"Non preoccuparti, ci sono amici miei che ti aspettano."

Con la complicità degli altri due, fu facile uscire da quel capannone. Salirono sull'auto e oltrepassarono tranquillamente il cancello del campo.

Elisheva se ne stava rannicchiata su sedile posteriore. Le immagini di quello che aveva dovuto subire le facevano salire conati alla bocca, e la trafiggevano di fitte al ventre.

Intanto Rosario raccontava spavaldamente di come si era divertito con i suoi amici. Fece una risata sguaiata e osservò: "Comunque, Peppino, all'atto pratico non era come l'hai descritta tu..."

"Se vuoi che la donna sia brava a letto, non devi prenderla con la violenza come avete fatto voi" replicò subito don Peppino, senza tradirsi.

"Eh, forse hai ragione, ma i miei amici avevano premura di mettere l'uccello in caldo" ghignò.

"E tu, di cosa avevi premura? Visto che hai contribuito..." lo assecondò don Peppino con una risata falsa, per non far trapelare la rabbia che aveva in corpo.

Elisheva, nel frattempo, tremava dal freddo. I suoi vestiti erano bagnati, sentiva la pelle puzzare di sesso animalesco. I respiri affannosi di quegli uomini le rimbombavano nella mente.

Era dolorante nel corpo, e assente nell'anima.

Dopo un'ora che viaggiavano, giunti in prossimità di un viale alberato, don Peppino si voltò verso di lei e la guardo attentamente negli occhi, come se volesse mandarle un messaggio, poi si girò verso Rosario e disse: "Fermati, devo fare una pisciata."

"D'accordo, così ne approfitto anch'io."

Scesero dalla macchina e don Peppino osservò: "Pisciare all'aria aperta con la natura che mi osserva mi mette allegria" e si mise a fischiettare, sperando che i suoi scagnozzi lo sentissero. Attese che rispondessero al richiamo.

"Peppino, stai allagando quel povero albero" lo prese in giro Rosario.

"L'ho tenuta per tutto il viaggio" precisò lui, mentre tendeva l'orecchio.

Da lontano gli giunse il segnale e si tranquillizzò.

Si sistemò, e tornò verso la macchina. Guardò nuovamente Elisheva.

La vide molto debole, e questo gli diede un senso di ansia.

"E se non ha la forza di scappare? Ci perdiamo tutti e due le penne."

Rosario mise la macchina in moto, ma don Peppino lo bloccò con il suo corpo e gridò: "Scappa, scappa!"

Elisheva, presa dal panico, non era capace di aprire la portiera. Dopo due tentativi riuscì finalmente a spalancarla e a scappare, mentre don Peppino lottava con Rosario.

Lei correva più veloce che poteva, attraverso l'erba alta, gridando: "Aiutatemi, aiutatemi!"

Fu raggiunta alle spalle da un uomo che le afferrò la mano per farla correre più veloce.

"Chi siete, dove mi portate?" ansimò lei, senza quasi fiato in gola.

"Stai tranquilla, ti portiamo al sicuro, adesso corri che ci aspetta una macchina."

Da lontano giunse un rumore di spari . Si guardarono in faccia e si misero a correre più forte,fino a raggiungere l'auto.

"Metti in moto, Carmelo... dobbiamo andare via subito."

Rosario aveva le mani insanguinate, mentre don Peppino era riverso sul sedile, ferito gravemente.

"Sei un bastardo porco! Mi hai ingannato" urlava, mentre lo trascinava fuori dalla macchina. Gli sputò addosso e sparò ancora, colpendolo alle gambe.

"Devi crepare lentamente, infame!" ringhiò.

Risalì in auto e partì, lasciandolo in un mare di sangue, sulla strada.

"Adesso posso morire con un poco di coscienza pulita. Questa è la fine che merito... Sto arrivando, Teresa, figlia mia! Spero che adesso mi perdonerai!"

L'ultimo respiro lo esalò in un sorriso.

Elisheva era impaurita e sfinita.

"Dove mi state portando?"

"Dalla tua famiglia" le rispose Carmelo.

"Chi era quell'uomo che mi ha aiutato a scappare?"

"Don Peppino."

"Questo nome mi è familiare."

"Svegliati, siamo arrivati" le annunciò Carmelo, scuotendola dolcemente.

Elisheva aprì gli occhi e vide una distesa calma e azzurra.

"Da quanto tempo non vedevo il mare!" esclamò.

Elisheva sentiva finalmente aria di libertà e la respirò a pieni polmoni.

"Sbrighiamoci, è tardi" la sollecitò Carmelo, prendendola per un braccio.

Si accorse dei numeri tatuati.

"Giacomo, dalle la tua camicia, dobbiamo nasconderle il polso, finché non la mettiamo in salvo."

L'altro uomo si sfilò la camicia e la coprì con delicatezza.

Avevano ancora parecchia strada da fare.

Sommario

6078522R00068

Made in the USA
San Bernardino, CA
30 November 2013